ちくま文庫

木《こ》挽《びき》町《ちょう》月《げっ》光《こう》夜《よ》咄《ばなし》

吉田篤弘

筑摩書房

目次＊

レイアウト――クラフト・エヴィング商會［吉田浩美・吉田篤弘］
イラスト――片岡まみこ

木挽町月光夜咄

左利き

定食屋で向かいの席に座った初老の男が誰かに似ていて、こういうのはおよそ思い出せないのに、白髪まじりの無精ひげが決め手になって、わかった、セルジュ・ゲンズブールだ、と正しくフルネームで閃いた。

そういえば、セルジュ・ゲンズブール（以下SG）はトレードマークの無精ひげを一定に保つべく、きっかり二ミリに仕上がる特製ひげ剃りを誂《あつら》えたとか。はたして無精ひげの長さはどのくらいが適当なのか、あるいは、どのくらいの長さを無精ひげと呼ぶかは人それぞれだろうけれど、無精ひげの第一人者であるSGがそうと決めたのだから、これはもう二ミリが世界標準と言っていい。ぼくはSGの崇拝者ではないが、このエピソードひとつで自分はSGの側に引き込まれる。無精ひげをきっちり整えるという酔狂が面白い。

こうした矛盾や常識がひっくり返ったもの、つむじ曲がりやへそ曲がりが子供のときから好きだった。ビートルズを好きになったのも彼らの音楽以上に彼らの常識はずれに魅かれたからで、常識はずれなのにどこか英国紳士の品の良さもあり、そういえばシュールレアリズムの絵画には山高帽をかぶった紳士がたびたびモチーフになっているなぁと思い当たった。

ビートルズのメンバーでいちばん魅力的な常識はずれを発揮していたのはジョン・レノン（以下JL）だろう。でも、ぼくはJLよりポール・マッカートニー（以下PM）を敬愛している。なぜなら彼は左利きだからで、左利きじゃないPMなんて考えられない。もちろんJLも好きだが、残念ながら彼は左利きではない。

このジョンとポールのどちらを好きかという古典的な二択において「ポール」と答えると、大抵は白い目で見られる。え、篤弘さんってそうなんだ、ポール派なんだ。え？うん、まぁそうなんだけど、と口ごもったりしていると、相手の「ふうん」で話は早々にしめくくられる。隣で妻が「わたしはジョンが好き」とすかさず断言すると、ジョン派の面々が、わたしも、俺も、僕も、と次々声をあげて連帯を深める。彼らに言わせれば、PMは軟弱で甘くてナルシストでちょっとずる賢い。そうそう。だよな。なんかね。ひそひそ。

そうだろうか、と孤立無援で考えた。他にも考えるべきことは多々あるのだが、なにしろ、ＰＭは子供のときから不動の憧れで、とにかく自分は大人になったらＰＭになりたかった。

「うん、そうだよね、僕も僕が好きだ」と全盛期のＰＭは言ったものだ。たしかにこうした発言をジョン派が野次るのもわからないではない。ＪＬなら薄い唇を歪めて「僕は僕が嫌いだ」と言うだろう。かくいう自分も二十代は「自分なんてたいしたことない」と斜に構えていた（誰かに褒められたわけでもないのに）。この口癖はその後、ウディ・アレンが映画の中でつぶやいたグルーチョ・マルクスの言葉「自分を会員にするクラブなんてたいしたクラブじゃない」に発展し、いま思えば、本当に困った奴だった。

と、そんなことを思い出すうち、どうやら自分は気質がＪＬ側にあり、だからこそＰＭに憧れるのではないかと都合のいい結論が出た。言ってみれば、ないものねだりである。

ひとまず、表向きはこの理屈でお茶を濁すとして、しかし、実際にはもう少し複雑な事情がある。そこで話を「左利き」に戻すと、ぼくは左利きでありながら右利きでもあり、いまはあらかた右に統一されているが、十代の頃は、文字を書くのも、箸を操るのも、ボールを投げるのも、そのときどきで右を使ったり左を使ったりしていた。

意識はいつでも左側にある。考えごとをしているときなんかも、頭の左側が働いていると感じる。カメラのファインダーを覗くのは左目だし、名前を呼ばれて反射的に「ハイ」と挙げるのは左手になる。握手をするときは（握手なんてめったにしないが）左手を出しかけてから急いで右手を出しなおす。

どうして右に統一されたのか自分でもわからない。おそらく、本質的には左利きなのに、へそ曲がりであるがゆえ、あえて右を選択したのだろう。つくづく困った奴である。

こうした屈折の果てに「隠れ左利き」となった自分は、左利きの人を見かけるとそれだけで気分が良くなる。とりわけ、PMが左利きでベースやギターを弾いている姿は、抑圧された自分の左利きが解放されたような心地になり、左手が疼いて自分もギターを弾きたくなってくる。

というか、PMとは関係なしにギターは毎日のように弾いている。さて、一体いつから弾いているんだろうか、と考えてみたところ、「十一歳」と答えが出た。そのとき（ぼくが十一歳のとき）世界は西暦一九七三年だったが、これは漢数字ではなく1973年と記した方がしっくりくる。1973年は素晴らしいレコードが多産された年で、音楽だけではなく各方面で傑作が生まれた。このことは、あとで（さて、いつになることやら）じっくり書くとして、もうひとつ忘れないうちに書いておくと、ぼくはビートルズがデビューした1962年に生まれた。ぼんやりしていると、この世にデビューしてから半世紀が経ってしまう。

昨年――2009年、半世紀を前にしてビートルズのリマスターCDが発売された。ビートルズと同い年の自分も、そろそろリマスターというか根本から洗い直しをするべきだろう。というか、日々痛感している。自分もリマスターしなくては、何かしなくては――とぼんやり考えつつ、夜中に（夜中なので）部屋の片隅で控え目にギターを弾く。十一歳のときから弾いているのにいっこうに巧くならない。こればかりは左利きのままである。なにしろ大人になったらPMになりたかったわけなので、ギターだけは一貫して左で通してきた。だから、ギターを弾くとなると左手の出番がやって来て、眠っていたものが自然と動き始める。そうだ、自分はこうだった、自分が自分らしくあるのはこんな感じだったと左手が（控えめに）訴える。

そこで心機一転、「リマスター」を誤訳し、「もともとの自分」とか「そもそもの自分」などと翻し、さて、どうしたら自分のリマスターが可能なのかと温泉の脱衣所で考えた。少し前に温泉に行ったのである。逃亡するように机から離れ、読みたい本と聴きたいCDだけを鞄に詰め込んで携帯がつながらない山あいの温泉宿にこもった。その山あいの脱衣所で考えた。何だかどこへ行っても考えてばかりいるのだが、物書きというのは、おそらく、書くことよりも考えることが仕事なのではと考える。

おい、お前、ちょっと考え過ぎなんだよ——もうひとりの自分（俺）がブーたれる。あのさ、仕事で疲れたから俺は温泉に来てるわけで、どうしてこんなところまで来て小難しいこと考えるかなぁ。少しは休めよ、俺の頭。

おっしゃるとおり。しかし、脱衣所でパンツ一枚になったところ、たまたま目の前に鏡がありまして、俺だかぼくだか私だか知らないけれど、自分の全身が映し出された様子に一瞬目を疑ってしまった。これが俺なのか。贅肉の付き方が尋常ではない。なんだ、この腹の出っぱりは。どうも、体が重たいと思っていたら、こんな事態になっていたのか。そういえば、最近、顔以外をまともに鏡に映すことがなかった。

地下鉄表参道駅にA４番出口というのがあって、そこの階段をのぼって地上に出ると、いつからか息が切れるようになった。「歳とったか」の一言で済ませてきたが、こんな肉の塊を抱えていたら当然である。なんというか、体型がどうのこうのより、A４番出口ごときで息切れするのが許せない。くそっ。だんだん腹が出てきた。いや、だんだん腹が立ってきた。というか、腹が出ていると「腹が立つ」のも様にならない。二十代の自分はもっとワイルドに腹を立て、シャープにハングリーに世の中に嚙みついていた。くそっ。

いや待て、落ち着け、とパンツ一枚の自分に声をかけた。いまならまだ後戻りできるかもしれない。改めて己が姿を点検し、頭の中のチェック表に○×を付けていったところ、そう絶望するほどでもないような気がしてきた。あくまで「いまのところ」ではあるが、頭髪も不自由していないし、けっこう黒々している。顔つきもそんなに昔と変わらないのでは、と髪を撫でつけてみるが、鏡の中の自分は、さて、右手でそうしているのか左手でそうしているのか、鏡に惑わされてこんがらがってくる。

いずれにしても、問題は贅肉である。自分の中の「左利き」が幅を利かせていた二十代は全身の印象がひょろっとしていた。それがいまや——いや、表現したくない。いつもは自分のボキャブラリーの貧しさに嘆くところだが、贅肉の様子を巧みに表現できてもちっとも嬉しくない。要するに太ったのである。

＊

温泉ではでたらめに本を読んだ。『カッコウが鳴くあの一瞬』残雪、『時との戦い』カルペンティエール、『どうなとなれ』富士正晴、『孤島』ジャン・グルニエ、『徳川夢声の小説と漫談これ一冊で』、『大と小』黒田孝郎。それと、台湾から届いた『流浪理髪師』吉田篤弘。これは拙著『空ばかり見ていた』が台湾語に翻訳されたもので、装幀もいいし、内容を一言で表した『流浪理髪師』なるタイトルが大変気に入った。翻訳者（女性である）の発案だろうか。自分で書いた本なのに読めないのが残念だが、もし、続編を書く機会があったら、そのときは『流浪理髪師』というタイトルを頂こうと思いついた。読めない本も、そうした夢想が広がってそれなりに楽しいものだ。

で、読んだ中では徳川夢声が一番かと思いきや、伏兵の『大と小』には敵わなかった。この古本、読む前に奥付を確認したところ、昭和十六年初版、昭和二十一年第三版とある。言うまでもなく、そのあいだにあの大きな戦争があった。中央公論社の発行で、住所は丸の内ビルディング五九二區。奥付には切手大の検印が貼られ、ブルーグレイ（すごくいい色です）の八角形の中に白抜きで「ともだち文庫」とある。小さな星がふたつと、手のひらの絵がやはり白抜きであしらわれている。この「ともだち文庫」なるものはどうやら子供向けの叢書で、奥付の裏に目録が見つかり、『どんぐりと山猫』『自然と人間』『音のさまざま』『獣の世界』といった書名が並んでいる。「児童科学書」なるフレーズも見られるが、宮澤賢治の童話もあるし、続刊の予告には『水滸伝／石川淳』とある。石川淳の『水滸伝』？　そんな本、あったろうか。もしかして、これもまた夢想本の類か——などと考えながらまた奥付に戻り、手のひらのマークを眺めるうち、それが左手であることに気づいた。左手に重ねて著者の黒田さんの印が赤で捺されている。ちなみに奥付の対向ページは「あとがき」になっており、これがじつに素晴らしい。全文引用したい。

あとがき

君たちはこの本を讀んで、どう考へました。なるほどさうだつたのか、と思つたところもあるでせう。さあさうかしら、どうもをかしいなあ、どうもよくわからない、又はなぜさうなるのだらうか、と思ったところもあるでせう。私はむしろこの君たちが問題にしたところが大切だと思ひます。そして一つ一つそれを聞きたいものだと思つてゐます。本を讀んでわかるといふだけでなく、更にそこから疑問を生じ問題を考へてゆくことは、非常に大切なことだと私は考へます。この本にもそのやうなことが澤山あるはずです。實は、ここのところはなぜか、ここのところはよくわからない、ここのところはこんなやり方ではをかしいではないか、などと尋ねられるのではないかと考へながら書いたところもあるのです。私は君たちがそのやうな疑問を起してくださることを希望してゐます。それらの疑問や問題を君たちが考へ更に勉強していくことは、この本によって君たちが理解したことよりもずつとずつと貴いことなのです。

どうでせう。この世のすべての本にこの「あとがき」を入れるべきではないでせうか。

こんなにいい「あとがき」なのですから、「まへがき」がどうなっているかも気になりますね。「まへがき」はこんな感じです。

まへがき

この本の標題は「大と小」です。大きいものは大きいし、小さいものは小さいにきまつているではないか、といふ人もゐるでせう。だが、大きいものは大きく、小さいものは小さいと、ほんたうにいつでもきまつてゐるかといふと、さうともかぎらないのです。とくに、どれくらゐ大きいか、どれくらゐ小さいかといふことになると、君たちの大部分は、とんでもない大間違ひをしてゐることがあります。これは君たちばかりでなく、多くの大人の人も間違へてゐることなのです。(以下略)

「君たちの大部分は、とんでもない大間違ひをしてゐる」というところでドキリとし、「君たちばかりでなく、多くの大人の人も間違へてゐる」と断言されて、これはもう読まずにおれないと一気に引き込まれた。タイトルどおり「大と小」の関係を説いたものなのだが、たとえば「大は小を兼ねる」などと言うけれど、はたしてそうなのだろうか。

このあいだ、こういうことがあった。とある雑貨屋で砂時計を買おうとしたところ、

「一分計」「二分計」「三分計」の三種があり、「三分計」が一番長くて値段も高い。なんとなく日常生活においては三分間待つべしの場面が多いような気がして、「では、これを」と購入したところ、意外にも待つべき時間はさまざまで、必ずしも三分とは限らない。昔は湯を注いだカップラーメンの待機時間は三分が相場だったが、科学の進歩によって「一分待てば完成」という新商品が現われた。そんなものを食べるから腹が出るのかもしれないが、問題はそれだけではない。なんと「三分計」では一分を計ることができないという衝撃的事実に直面した。驚くなかれ、砂時計の世界においては、大が小を兼ねるのではなく小が大を兼ねるのである。一分計さえあれば「二分」も「三分」も「五分」も「十分」も、なんなら「二百四十分」だって計れる。すごく大変だけど。

つむじ曲がりとしては、こうした逆転が何より嬉しい。「いいぞ、一分計」と、思わず声をあげて、後日、買いなおした。

＊

温泉から帰った日の夜は留守のあいだに録画しておいた映画『ベンジャミン・バトン数奇な人生』を観た。生まれ落ちたときが老人で、時を経るごとに若返ってゆく男＝ベンジャミンの生涯を描いている。奥付から始まって、次に「あとがき」が来て、さかさまにページをめくって最後に「まへがき」を読む要領である。『大と小』を奥付から読み始めたことを思い出し、ベンジャミンが大人から子供へ、大から小へ戻ってゆく姿に感じ入った。こんなふうに「もともとの自分」「そもそもの自分」に戻れないものか。ついでに腹の出具合も大から小に縮小しないものか。いまならまだ間に合うかもしれない。取り戻すというか、左利きだった自分に還ってゆくというか——。

そういえば、『空ばかり見ていた』を作ってくれた編集者に台湾版を見せ、『流浪理髪師』という続編を書くのはどうでせう、と話したら、面白いですね、篤弘さんらしいアイディアです、と夢想が実現に一歩近づいた。その際には台湾語に訳してくださった葉韋利(LicaYeh)さんにもお伝えしたい。台湾在住の彼女のプロフィールを確認してみたところ、生年の表記のあとに、「隱性左撇子」とあった。どういう意味だろうか、と調べてみたら、「左利き」という意味だった。

黒いうわっぱり

鏡の前でぐずぐずとシャツのボタンをはずしていたら、

「昔は何を着ても似合ったのにね」

と相方が遠い目でつぶやいた。相方というのは妻のことである。うちはオオヤケの場ではお互いがお互いを相方と呼んでいる。これは、二人して人前で話すときに、どことなく夫婦漫才を演じているような格好になってしまうからで、説明するまでもなく、こちらがボケで妻がツッコミである。

「昔は何を着ても——」のツッコミは、著しく体重が増えてきたぼくに対する最近の定番で、「昔」とは結婚する前の二十代前半を指している。二人とも美術学校に通う貧しい学生だった。贅沢に服など買う余裕はまったくなく、「何を着ても」と彼女は言うけれど、それは「記憶違いです」とツッコミ返したい。なにしろ、その頃は一年中同じ黒いジャケットを着ていた。正しくは元ジャケットで、ピエロが着るようなぶかぶかの上着を「黒いうわっぱり」と若き相方は正しく命名したものだ。

あれはホントに「うわっぱり」以外の何物でもなかった。元はといえばバーゲンセールのワゴンから五百円で拾いあげた夏用ジャケットで、サイズはおそらくXL。原色のエンブレムと金ピカの馬鹿馬鹿しいボタンが四つも付いていた。そうしたものをすべて鋏で切り落とし（手が滑って襟のあたりもついでに切ってしまったが）、原色と金がなくなると、それはほとんど黒い布きれでしかなかった。ボタンを新調するのが面倒だったので、そのままだぶだぶと服の中を泳ぐように着ていた。それしか着なかったのですぐに襤褸《ぼろ》になり、ちなみに、シャツもズボンも靴もそれぞれ二種類しか持たず、だから「何を着ても似合った」は相方の幻想なのである。しいて言えば、その黒いうわっぱりの所在なさが——似合ったかどうかはともかくとして——自分のデタラメさを象徴していたかもしれない。

以来、黒い服ばかりを好んで着ていたが、あるとき、向田邦子さんのエッセイで「一年中、黒い服ばかり着ていた」というような一節に行き当たった。いま、その一節を正確に書き写したく、さて、どの本であったかと机辺を探ってみたところ、ありました、文春文

庫『父の詫び状』の三十二頁――、

「一年中を黒のスカートに黒のセーターやブラウスで通し、」

とある。このエッセイは『隣りの神様』というタイトルで、

「生まれて初めて喪服を作った。」

という一行から始まる。そして、それに続く次の一行を読んで愕然となった。

「あまり大きな声でいいたくないのだが、私は四十八歳である。」

え、そうなんですか向田さん、じつはぼくもあまり大きな声で言いたくないんですが、つい一週間ほど前に四十八歳になりました――と本を開いたまま頭を垂れた。このところ読み返していなかったが、『父の詫び状』こそ最も愛読してきた一冊で、最初に読んだのはまさしく黒いうわっぱりを着ていた頃であった。もし、あの頃この本を読んでいなかったら、自分は文章を書く仕事などしていなかったと思う。

「あなたが最も影響を受けた作家は」

の質問に、迷うことなく「向田邦子さんです」と答えてきた。その向田さんがあの『父の詫び状』を書いた年齢に自分は達し、しかし、そんなことは知らずにこの文章を書き始めた。そして、いまそれを知り、こうして書きながら動揺している。

というのも、相方のたび重なるツッコミに堪え難くなってきたので、よしわかった、そ

んなに言うなら黒いうわっぱりを着ていた自分に戻ってみせようと、いままさにそう書こうと思っていたからだ。つまり、体重を減らして自分をリマスターし、かつての——「左利き」であった自分らしい自分に戻ってもういちど黒いうわっぱりを着てみせる。そう思い立ったのが偶然にも四十八歳だったわけで、目指すべきは一年中を黒で通し、『父の詫び状』を読んでいた四半世紀前のスリムな自分である。

相方にそう宣言したところ、

「じゃあ、まずは黒いうわっぱりを買いに行って」

と変なことを言い出した。いやいや、いくら逆行するとはいえ、それでは順番が逆である。まずは痩せて、それから服を——。

「いいえ、そんなことではうまくいきません」

相方が言うには、青山に「A＊＊」というセレクト・ショップがあって、少々、値は張るけれど、黒のいいジャケットを売っている。そのいちばん小さいサイズを先に買っておいて、体の方を服に合わせてゆけばきっとうまくいく——とか何とか。まったくこちらを信用していないというか、どうせ挫折するに違いないと決めてかかっている。

まぁ、たしかにその可能性は大いにあるので返す言葉もなく、ちなみにその黒いジャケットはいくらなのかと訊いてみると、相方は気が遠くなるような額を口にしてニヤニヤし出した。

かつての黒いうわっぱりは前述のとおりバーゲンで五百円だったが、相方推奨のそのジャケット――いわく「二十一世紀の黒いうわっぱり」――は、換算するとそれ一着で、かつてのうわっぱりが百二十着も買える計算になる。しかし相方は「その程度の額で自分らしい自分に戻れるなら安いものでしょ」とＡ＊＊の地図を書いてこちらによこした。地下鉄の表参道駅で降り、Ａ４番出口から根津美術館方面へ向かう道が示してある。あの息切れがする階段の果てにあるＡ４番出口だ。

善は急げ。いや、はたして、百二十着分の黒いうわっぱりを買いにゆくことが善なのかどうか知らないが、相方に「行ってらっしゃい」と背中を押され、読みかけの『父の詫び状』をひっつかみ、地下鉄の車中で『隣りの神様』のつづきを読みながらＡ＊＊を目指した。途中まで読んだところで不意に「待てよ」とある記憶が甦ってきて、確かめるべく「あとがき」を拾い読みすると、ああ、やはり。

「三年前に病気をした、」で始まる「あとがき」の二百八十二頁、

「『銀座百点』から、隔月連載で短いものを書いて見ませんか、という依頼があったのは、退院して一月目である。」

やはり『銀座百点』だった。しばらく読んでいなかったので失念していたが、ああ、そ

うだった——とまだＡ４番出口の階段をのぼっていないのに息が荒くなってきた。

というのは、いまこれを書いている現時点での『銀座百点』の最新号——二〇一〇年五月号に、「短いものを書いて見ませんか」という依頼に応えた自分のエッセイが載っている。エッセイの依頼はめったに頂かないのに、よりにもよって四十八歳にならんとしたところで、ほかでもない『銀座百点』で書く機会がめぐってきた。というか、もう書いてしまった。

息が荒くなる。

向田さんが依頼に応じて書いたものは「誰に宛てるともつかない、のんきな遺言状」であったと「あとがき」にある。「私は、あまり長く生きられないのではないかと思っていた」「輸血が原因で血清肝炎になり」「右手が全く利かなくなった」

それで向田さんはこの連載を「左手」で書いたのである。

表参道駅に着いて、頭の中がぼんやりしたまま（大体いつもぼんやりしている——と相方のツッコミ）Ａ４番出口へ向かう長い階段（本当は全然長くありません）を重たい体を引きずり上げるようにしてのぼり、肩で息をしながら地上に出ると、相方の書いた地図に従って根津美術館に向かう道を進んだ。この一本道、五百円のうわっぱりを着ていた頃は近づくこともなかった高級ブランド・ストリートである。いまでも高級には縁遠く、仮に高級でなくても、なにしろ何を着ても似合わなくなっているのだから（そうは言ってませんけど——と相方）美術館とその向かいの古ビルにある古書店以外に特に用事はない。

歩きながら、自分が『銀座百点』に書いた文章を思い出していた。書いたのは三ヵ月ほど前で、やはり銀座のことを書いてみようと、ずいぶん気楽にさらさらと書いてしまった。思い出すと汗が出て息が荒くなってくる。というか息苦しくなってきた。「のんきな」とことわっているけれど、遺言状として書いた向田さんの思いに押しつぶされそうになる。

「子供の時分は銀座が遠かった。」

ぼくはその文章をそう書き起こした。以下、——

「といっても、家から私鉄と地下鉄を乗り継いで一時間程だったので、本当は大して遠くもない。それでも遠く思えた。新宿や渋谷と違って、距離でも時間でもなく何かが遠かった。ところが、或る日、父が「お前のひいおじいさんは銀座で鮨屋をやっていた」と話してくれた。初耳だった。」

ぼくはその鮨屋のことをよく知らない。いまはもうない。曾祖父が一代で潰してしまったらしい。ただ、相方と結婚するときに、戸籍抄本を準備する段になって、いきなり父が「うちは銀座が本籍だ」と言い出した。自分にとって銀座はいつでも遠くにあるもので、そんなことはそれまで聞いたこともない。半信半疑で中央区役所の窓口に申請してみると、活字とペン書きが入り混じった戸籍のコピーが現われた。自分の「本籍」の欄に「東京都中央区銀座弐丁目拾参番地」とある。せっかくなので、と曾祖父の代まで遡ったコピーを頂いてきた。

「銀座弐丁目」は少し前まで「銀座東弐丁目」であり、それ以前は「木挽町弐丁目」と表記されていた。木挽町といえば、まずもって歌舞伎座であるが、父が言うには曾祖父の鮨屋は「歌舞伎座の楽屋出口の前にあった」とか。眉唾眉唾。父はもうあの世にいってしまったので問い詰められないが、ときに父は、あることないことをまことしやかに語るところがあったから(それはあなたもです——と相方)まぁ、話半分で胸におさめておく必要がある。

ただ、かつて木挽町と呼ばれていた界隈に自分のルーツがあることは間違いない。遠いはずの銀座が自分の本籍であったことにめまいを覚え、これはいつかそのうち詳しく調べてみようと思いながら、コピーは長らく抽出《ひきだし》の奥に仕舞われたままだった。

それがこのたび『銀座百点』からの依頼で、ではひとつ木挽町のことでも書いてみようかと抽出の奥から角の折れたコピーを取り出してきた。

このとき、自分の中に封印されていた「左利き」が疼いたように思う。視線が過去に向けられたせいなのか、あるいは、曾祖父は左利きであったのかもしれないと根拠のない妄想が拡がった。

なにしろ、謎多き人である。

その名を吉田音吉という。おときち、である。いい名前だ。自分でもいい名前であると自惚れたのか、音吉は鮨屋の屋号に自分の名前を冠して『音鮨』と称した。いい名前である。これにはさっそくぼくもあやかりたくなって、自分の架空の娘を吉田音よしだおんと名付けてその名義で本を二冊ばかり書いた。あくまで架空のつもりだったのに、あることないことをまことしやかに書いたところ、書かれた中身は架空であるとしても、「娘さんはいらっしゃるんですよね」と多くの人が信じて疑わなかった。「最近、音ちゃんはどうしてますか」とよく聞かれる。

音ちゃんねぇ——とぼくはそのたびに口ごもった。ひいじいさんの音ちゃんなら、本当にいたんだけど。

いや、こんなふうに書いていると、ひいじいさんの音ちゃんも架空ですかとツッコミがはいりそうだ。こちらは本物である。一代で消えた『音鮨』を自分なりに引き継いでみようと思ったイタズラ心が架空の娘をつくりあげた。だから、ぼくの握った鮨は架空だったのだが、ネタは正真正銘の本物で、じゃあ、架空ではなく、本当のネタを並べたらどうなるかと左手が疼いたのだ。

というわけで、自分のルーツを探るべく、本物の音ちゃんがどんなふうに息をし、どんなふうに鮨を握っていたのか探偵したくなってきた。しかしその前に、そうした姿勢をとる自分のでぶさ加減を引き締めたい。遡ってゆくのだから、でぶった体を元に戻さねば、遡ってゆく階段で、いちいち息を荒らげて自分を見失いそうになる。

＊

「二十一世紀の黒いうわっぱり」を置いているという相方推奨のその店は、なんのことはない、懇意にしている件の古書店がある古いビルの中にあった。古い古いと書いて申し訳ないが、高級ストリートにいささか鼻白んできたところにこのビルが現われるのがいかにも小気味よい。

おそるおそる薄暗い店内を覗くと、ほのかな照明が当たる一角にお目当てのジャケットが並んでいた。黒に染められためずらしい感触の生地で仕立てられ、どう考えても、五百円のボロいうわっぱりの代役をして頂くのはいかにも勿体ない。こういうのを何と言ったか。「海老で鯛を釣る」か。いや、ちょっと違う。「風が吹けば桶屋が儲かる」か。いや、全然違う。儲かるどころか予定外の散財で、しかし、相方が「これにせよ」と命じるのだから仕方ない。

「試着しますか」と訊かれて汗が出た。

「ええ、いちばん小さいサイズを」と相方の指示どおり答えたものの、いちばん大きいサイズでさえどうかと思うほどタイトにつくられている。着られるわけがない。しかし、どうにかして体をくねらせ、ほとんど縄脱け奇術並みの強引さで袖に両腕を通した。こういうのを何と言ったか。「火事場の馬鹿力」か。いや、違うな。力はむしろジャケットの方にあり、こちらは大リーグボール養成ギプスをはめられた星飛雄馬になった気分である。

「これにします」と答える声がギプスに締めつけられて震えていた。ボロいうわっぱり百二十着分の代金を払い、奪うように逃げるように店から走り出た。四半世紀ぶりに着る黒いうわっぱりを抱えながら、しかしこれを着るためにはよほど減量しなければならないと足どりが大変に重い。いや、もともと相当に重いのだが——。

来た道をそのまま引き返し、A4番出口が見えてきたところで視界の左手に場違いな鳥居があらわれ、そこで、はっ、となって思わず足がとまった。さっき地下鉄で読んだ『隣りの神様』がよみがえる——。

「私の住まいは青山のマンションだが、すぐ隣りはお稲荷さんの社である。

大松稲荷と名前は大きいが、小ぢんまりしたおやしろで、鳥居の横にあまり栄養のよくない中位の松がある。」

そのとおりの光景がそこにあった。行きは鳥居に背を向けていたので気付かなかったが、帰りはマンションともども正面から迎えられた。なんと自分はぼんやりしているのだろう。

向田さんはこの青山のマンションで『父の詫び状』を左手で書いたのだ。

『隣りの神様』の最後の一節に、

「私は、何となく素直な気持ちになり、十円玉をひとつほうって、頭を下げた。」

とある。弾かれたようにぼくも鳥居に向かって頭を下げ、それからマンションの方に向き直って、あらためて頭を下げた。

一行アキ

空から、たった一滴の雨が降ってくることはあるだろうか。

——という一行で始まる小説（書き下ろし）を書こうとしているが後が続かない。「たった一滴の」がどうも気に入らない。もっと違う表現はないものかと「一滴のみ」とか「一滴だけ」とか「ただ一滴の」などと推敲してみるが、どれも気に入らない。

角の自販機が撤去されて跡形もない。俺が犬なら鼻が乾いた。

——という一行で始まる小説（書き下ろし）を書こうとしているが後が続かない。これは実話であり、愛用（と言うのだろうか）の自販機が突然姿を消して小さな廃虚になっていたのである。タイトルは「小さな廃虚」か「ささやかな廃虚」。いま思いついた。

その昔、街ゆく人々は誰もがバナナの皮に滑って転んだものだ。

——という一行で始まる小説（書き下ろし）を書こうとしているが後が続かない。というか、本当はこの先も書いてあるが、最初の一行はこの一行ではないと思う。この小説はKD社の『GZ』に掲載予定の長編で、具体的に取り組んでからすでに二年が経つ。元になった構想まで遡ると原点は二十年近く前になる。二十年前は体重もまだ軽くて左利きで箸を操っていた。

祖父は博物館を「奇妙な惑星」と名付けた。

——という一行で二十年前のオリジナル版は始まる。港町の博物館に住む一家の物語で、SC社から最初の小説を出すことになったとき、当初はこの物語を書くつもりだった。異様に長く、さんざん大風呂敷を広げた挙句、最後に一本のすもも の木の話に辿り着く。が、辿り着けなかった。そういえば、いま思い出したが、この未完の原稿の冒頭部分を写植で打ち、クラフト・エヴィング商會の『らくだこぶ書房21世紀古書目録』（以下『らくだこぶ書房』）という本の中に、こっそりひそませてある。だけど、この話は長くなるからまた後にしよう。

とにかく、この物語は完成しないまま二十年が経った。大げさに言うと、二十年間ずっと頭の中にあった。では、頭の中にあって実際に書かなかった物語を二十年間あたためる

一行アキ

とどうなるか。

答え＝主人公が歳をとり、二十年前には思いつかなかったことを考えている。これが面白い。時間が経つと構想していた物語が古びて通用しなくなり、これに抗すべく主人公が勝手に進化してしまう。進化した主人公＝彼のつぶやきがしきりに聞こえ、よし、ではその独白を書き起こしてみようと思い立ったのが二年前。しかし、しょっぱなが難しい。なにしろ二十年越しの冒頭の一行である。「バナナの皮」云々で始まるのがふさわしいかどうか。

――と、ここまで書いて行きつけの本屋を散歩がてら覗いてみたところ、黒木夏美『バナナの皮はなぜすべるのか？』（水声社）という本を見つけた。タイトルもいいが装幀がいい。ベルベット・アンダーグランド（もしかして：ヴェルヴェット・アンダーグラウンド？　とGoogleに突っ込まれた。あ、はい、そうです）（もしかして：ヴェルヴェット・アンダーグラウンド・アンド・ニコ？　ああ、そうでした）そのアンド・ニコのLPジャケット（アンディ・ウォーホルがデザインしたバナナのイラスト）を模した表紙の妙に購入を決意。以下、帯コピーより――

「人類の誕生以来、最もポピュラーなギャグ＝《バナナの皮すべり》は、いつ、どこで、誰によって、どうやって生みだされたのか――？　この素朴な疑問を解決するべく、マンガ、映画、文学作品、TV番組、ウェブサイトなど、さまざまなメディアに描かれたバナナの皮を踏んで検証する、《バナナ愛》にあふれためくるめく必滑書。読めばすべることまちがいなし！」

素晴らしい。読んでみると看板に偽りなしの内容に感嘆。詳細な註と索引。フォントは精興社で「あとがき」までいい。

「人生には、ときには暗く寒い夜の底を歩き続けなければならないこともある。しかし、暗ければ暗いほど、寒ければ寒いほど、その足元にバナナの皮が落ちていたときの喜劇的効果は大きい。あるいはこうもいえる。どんなに暗く寒い夜にも、バナナの皮が闖入する余地はある。黒一色で塗りつぶせる夜などない。私たち一人ひとりの心の中には、そして人の世には、バナナの皮のようなたわいもないものを楽しむことのできるゆとりが常にどこかにある。あるいは、そんなゆとりを常に求めている。」

ときどき、この本は自分が書きたかったと思う本に出くわすが、この愛すべきバナナ本はまさにそんな本で、しかし、怠惰な自分にこんな労作は書けず、きっと二十年以上は寝かせてしまう。

そうした「書けないけれど書きたかった本」を書く前に作ってしまったのが『らくだこぶ書房』という本の趣旨だった。さっきも言ったとおり、この本のことは話し出すと長く

一行アキ

なるからまた今度にして、いまは脱線しないよう、「一行目だけ書いて先に進まない小説」の話に戻る。

続かないのは何も冒頭の一行に限らず、十行目であろうが五百二十行目であろうが、それまでするする続いていたのが突然真っ白になる。いま書いているこの文章にしても、そうした瞬間が何度か訪れた。しばらく考えるうちに思いつくのだが、どうしても思いつかないときは、さぁどうするか。

秘策がある。

一行アキを設けるのだ。

これである。一行分の空白をつくる。もちろん一行でなくてもいいのだが、

などと三行も空けてしまうと必要以上に意味ありげになってしまう。一行か二行、あるいは三行の空白の中にアステリスク＝＊などを打って一拍置き、「さて」「ところで」「話は変わって」という具合に別の話題や場面に移る。逆に言うと、一行アキの一拍を入れず

に次の行で別の話題になると、「何これ、ぶっとんでる」とか「奇を衒《てら》ってるねぇ」などと野次が飛んでくる。

一行アキが多用された文章は見た目からして読みやすい。二十年前をさらに遡って三十年前の自分が愛読していた『父の詫び状』や『一千一秒物語』や『風の歌を聴け』(どれも処女作である)をいま読み直すと、いずれも一行アキやアステリスクが多用された構成だったと気づく。

ツイッターのつぶやきが盛んなのも、百四十字に限られた断片の連続が歓迎されているのかもしれない。

一行アキを使えば、迷わず次々と書ける気がする。

楽だ。楽過ぎるような気がして少々気が引ける。

そういえば、小説の展開に行き詰まったとき、苦肉の策として日記形式で書いたらするすると書けた。なぜか。あんなに書けなかったのに、どうして日記仕立てにしたら書けたのか。

分析した結果、たとえばひとつの文章の中に書きたいことが三つあるとして、一も二も三もすぐ書けるのに、その三つの「つなぎ」をどうしたらいいか思いつかなかった。そういうことがよくある。その点、日記は「つなぎ」を考えなくていい。一行アキで日付を改めれば、それでもう次の話題を始められる。

ただし、この形式で書いている限り、文章はそれ以上、上達しないように思う。おそらく（眉唾眉唾。知ったかぶり）文章の極意は「つなぎ」をどう書くかにあり、安易な一行アキや断章をいかにして回避するか、どのようにつないでゆくか苦心することで、書き手の工夫と知恵とボキャブラリーの質が向上するのである（眉唾眉唾）。

先に挙げた三人の作家も最初の本は断章形式で書いたが、書くほどにそのスタイルから脱していった。

ただし——これは足穂大人も省みているが——最初の作にすべてがあり、後続作品はその注釈か解説のようなもの（場合によっては蛇足）であったと思い返す作家が多い。

小説はアナロジー＝類推で書かれると種村季弘さんから聞いた。「類推」をやわらかく言えば「連想」だろうか。ついでに「連鎖」と誤訳もしたくなる。「連鎖」には「偶然」

もはいってくるだろう。そう書いてみたくなるのは、この文章を書いてる途中でCM書房から装幀を担当した文庫本――種村季弘『雨の日はソファで散歩』ちくま文庫――の色校正が届いたからだ。

偶然は連鎖する。種村さんのちくま文庫といえば『食物漫遊記』が好きで、ぼくが最初に書いた小説は二つあり（二冊を同時に進めていたので）、その一冊である『つむじ風食堂の夜』（以下『つむじ』）は、「黒一色で塗りつぶせる夜などない」という頼もしい言葉に乗じるなら、この本の――やはりちくま文庫である――表紙にも、黒一色の中に黄色い星がひとつだけ光っている。ともすれば「開いたバナナの皮」に見えなくもない。

『つむじ』を書いているあいだ、種村さんの『食物漫遊記』をお守りのように持ち歩いていた。書き上げて本が世に出ると、真っ先に種村さんが書評で『つむじ』を取り上げてくださった。これはまったくの偶然で、意表をつかれて感激で鼻水がとまらなくなった。それで今度は、その新聞の切り抜きをお守りのように持ち歩いて次の本を書いた。その種村さんが小説は「アナロジーだ」と教えてくれた。いまはこの言葉がお守りで、だから小説を書いてるときはいつでも連想や連鎖や偶然を待つ。いや、書いていれば待たずとも向こうからやって来る。

『つむじ』は台所で書いた。いまもそうだが、書斎などないので、最初はこたつで書いていたが、そのうちこたつは猫と煎餅と読みかけの本に占拠されてしまった。仕方なく夜中の台所で書いたことを、その当時、最相葉月さんに話したら、読んでいてそんな感じがしました、と褒められた。いや、別に褒められたわけではないけれど妙に嬉しかった。どういうわけか小説は書斎で書くものではないと思い込んでいて、たぶん、連想や連鎖が起こる場所は自分の書斎ではなく、もっと開かれた場所ではないかと信じてきた。台所が「開かれた場所」であるかどうかは詩人のつくった辞書でもひもとかない限り断定できない。ただ、外からやってきた郵便物や食材が仕分けられるのが食卓であることは違いない。

「最近はどこで書いてます?」

このあいだ最相さんにお会いしたときにその話になって、

「外で書いてます」

S、D、E、T、V――と片っ端からコーヒー・ショップの名を列挙した。最相さんとは世田谷文学館で開かれた星新一展のレセプションでお会いしたのだが、はたして、星新一のショートショートは断章的だろうか。それとも似て非なるものか。星新一の『悪魔のいる天国』や『ボッコちゃん』は、二十年前や三十年前をさらに遡った読書歴の紀元前のような時期に読んだ。

今回の展示で興味深かったのは直筆の下書き原稿で、判読ぎりぎりの一ミリ角くらいの文字が改行もなくびっしり書かれていた。ショートショート一篇が大学ノート一頁くらいの紙に収まっていて、最相さんの解説によると、星さんは作品を俯瞰するためにそうしたのだという。作品にならなかった「できそこない博物館」と称するメモも無数にあり、掌に隠れるくらい小さな紙片にほんの一言だけ書かれたものもあった。

　これこそ本物のつぶやきで、ちょうど漫画の吹き出しのようなかたちに切り取られたメモなどもあったりして、つぶやいた声が、あたかもそのまま残されたように見える。こんなふうに自分のできそこないの言葉を並べてみたらどうなるだろう。

「手垢のついた言葉を積み上げて摩天楼ができる」と寺山修司氏は言った。さすがだ。しびれる。摩天楼は無理としても、小さな言葉を積み上げて小さな本をつくってみたい。夢想が広がる。星さんを真似て小さな紙にメモを書き留めてみる。まずはその本を『小さな考えの集まり』というタイトルにしようと書き留める。百四十字以内の断章で構成し、最初の一行や次の一行を模索する自分の考えの道行きをそのまま書いてゆく。どうも自分はそういう方が性に合っている。『つむじ』もそんな小説だったし、幻の処女作＝博物館に住む一家の物語を中断して新たに書いたのは、ビートルズのレコードをめぐる「できそこない」のようなお話の集まりだった。

　ビートルズといえば、ジョン・レノンが書いた限りなくできそこないに近いショートショート集――『絵本ジョン・レノンセンス』こそ、我が読書歴紀元の一冊で、「ビートルズの巡回公演のつれづれ、食堂のナプキンやホテルの部屋の便箋などにそのときどき思いつくままに書きとめたものの集積が本書となった」と解説で片岡義男さんが書かれている。JLも書斎では書かなかったわけだ。心強い味方ではないか。

そんなわけで、書くときは町を放浪しながらSやDやEやTやVでコーヒーを飲みながらノートにペンで書く。コーヒーだけでは口寂しいので、ドーナツのようなもの菓子パンのようなもののシナモンロールのようなものを一緒に食べる。甘いものを食べないと頭が回らないからである。

そして、ぼくは太った。

頭が回らないと次の一行が思いつかない。書きかけのノートは一行アキになったままで、ほとんど無意識にシナモンロールを食べながら次の一行を探し続けた。どうして自分は太ってしまったのかというと、おそらくはそういうわけで、カロリーの高いシナモンロールを無意識に選んでいたのは、たぶん、レベッカ・ブラウンの『体の贈り物』という小説に印象的なシナモンロールが登場するからだろう。

何年か前にレベッカ・ブラウンさんが来日したとき、トーク・ショウのあとの楽屋のようなところでお会いする機会に恵まれた。通訳をしてくれた編集者がぼくのことを「彼はブック・デザイナーです。そして、「おうさあです」と紹介するのを聞き、「おうさあ」の響きに思わずうつむいてしまった。何事にも決意の足りない自分は、いざ「おうさあ」などと呼ばれると「いえ、自分はまだそんな」と恥ずかしくなってどこかに隠れたくなる。ましてや相手は本物の「おうさあ」で、背も高く（ぼくの二倍くらいあった）トーク・ショウでも堂々としてすこぶる格好よかった。しかし、いつまでもうつむいているわけにもいかないので、おそるおそる顔をあげると、どういうわけか、レベッカさんもうつむいて恥ずかしそうに体を小さくしているのだった。その姿が忘れられない。

どうして自分は太ってしまったんだろう――とノートになぐり書き、それに続く次の一行を探したが、一行アキのまま以上のようなことが連想されたきりである。探した言葉は見つからず、コーヒーはとっくに冷めてしまった。文章の極意は「つなぎ」をどう書くかにある――などと知ったかぶりをした報いだろう。

「アパートに着いて、朝食は食べたかと訊きながら買ってきたものを見せたら、彼はわっと歓声を上げた。ここのシナモンロールは大好物で、前は日曜の朝にはかならず〈ホステス〉に行っていたんだと彼は言った。一番いいやつを買えるように、焼きたての時間に行くのさ。焼き皿の真ん中にあったやつが一番粘りっ気があって柔らかいんだよ。日曜日は

あんまり好きじゃないけど、あれは楽しみだったね。」(『体の贈り物』レベッカ・ブラウン／柴田元幸訳より)

改行なし

本当に外で原稿を書いているんですか、と何人かの知人友人に訊かれたので、本当ですけど、と答えると、パソコンで？　と確認する。いえ、手書きでノートに。すると相手は珍しい動物でも発見したような顔で、手で？　わざわざ？　と大変に驚嘆。えっ？　とこちらもまた驚嘆。もちろん手ですよ。だって、書くってそういうことじゃなかったっけ？　お互いに「？」を連発。どんなノートで？　と訊く人もいて、まぁ適当にその辺にあるノートで、と返答。その辺にあるんですかノートが。ええ、ありますね、ノートを買うのが趣味なので。これは本当の話。ノートや手帳は使用目的に関係なく購入しています。なぜ？　なぜって白い紙が欲しいからです。白い紙？　そうそう、土地みたいなもので、白

い紙さえ所有していれば、いずれそこに家を建てるでしょう？　こんなに手軽でリーズナブルな土地はないですよ。ぼく＝得意気。相手＝困惑。いま書いているこの原稿もインド製のノート（二十年くらい前に買った）にパイロットのVコーンの黒で書いている。鉛筆で書くときもある。書きながらコーヒーを飲んでいる。コーヒーだけにした。ドーナツやシナモンロールはやめました。大体おかしいよ、いい歳して毎日ドーナツとか菓子パンとか。たまにはいいけれど、もういいじゃないか。これまでの人生で私は（なぜか私です）一体いくつ菓子パンを食べてきたのか。もういいじゃないか。もういい。ほどほどにしよう。減量開始、戦闘開始。「もういいじゃないかダイエット」である。ぼくがそう宣言すると、知人・友人・妻が一斉に苦笑。いまごろ気づいたのか、四十八にもなって。次に干支が回ってきたときは、あんたもう還暦だよ。「もういいじゃないか」って、とっくに手遅れですよ。名付けるとしたら「菓子パンダイエット」でしょう。正確には「菓子パンやめダイエット」。本を書いたらどうです？　ベストセラーになるかも。菓子パン愛好家は多いですからね。なにしろ菓子パンは旨いから。あんた、本当にやめられますか。いや、やめるとは言ってない、ほどほどにと言ってるだけで。なんだい、決意が足りないなぁ、そんなことでは駄目です。痩せないし本も売れない。いやいや、菓子パンダイエットの本が売れたら、そのあとどんな小説を書いても「あの菓子パンダイエットの」と言われてしまう。本の帯にも「菓子パンダイエットの吉田篤弘・最新長編」とか。いや、売れたらいいですが、誰にも相手にされないってこともあります。というか、たぶんそう。ごく一部の人だけが知っていて、ねぇ、あそこでコーヒー飲んでる人って、たしか『菓子パンダイエット』とかいうイタい本を書いた人じゃない？　そうなの？　でも、あの人、シナモン・ロール食べてるけど——。ところで、どうしてこういったひそひそ話の話者は「若い女性」風なのだろう。思うに、世の中を評する目でいちばん恐いのが彼女たちの目で、ここだけの話、この世の良し悪しは彼女たちが決めているからです。だから、ドーナツは注文せず、コーヒーもブラックにして、書くのに疲れるとジャック・ケルアックの『スクロール版　オン・ザ・ロード』を読んでいる。これは出たばかりの新刊で、一緒に文庫版（こちらも出たばかりで「スクロール版」ではない）も購入した。スクロール版とは何か、という興味（知らなかった）から二冊を同時購入。これまで『オン・ザ・ロード』（および『路上』）は読んだことがなく、読み始めたら、なぜこれまで読まなかったのか、いや、これこそいま読みたい本で、当面はこれだけ読んでいればいい、まさにいまこそ読むべきタイミングだ、だからこれまで敬して遠ざけていたのか、なるほど、こうなる運命だったのだ、と都合よく納得した。スクロール版とは巻物状の草稿版で、要するに下書きなのだが、帯の謳い文句から抜粋すると「125000字の分量の小説を書いた……話はきみとぼくとロードだ……120フィートの長さの紙だ……それをタイプライターに差した、改行はまったくない……床にどんどん延びていくと……まるでロードみたいだった。」翻訳されたこの本も改行なしで、四百頁のテキストをケルアックの歩みをなぞるように読んでゆく。実況中継のように。作家はこの長大で濃厚なテキストを三週間で書いたという。「紙をいちいち交換していたのでは言葉の流れを妨げて集中の邪魔になるというので、ケルアックは、紙をテープでつないで長くしたものをつかい、タイプでがんがん打っていった」(「訳者あとがき」より)。一方、文庫で買ったバージョンはこの草稿から六年以上を経て刊行された完成形で、ふたつを並べて読み比べると、六年間にどのような蒸溜と精製が行われたか分かる。いまの気分としてはスクロール版で読みたい。「改行はまったくない」に打たれる。それが巻物状であったことに打たれる。大昔の日本人は巻物状の紙に筆で書いた。もちろん(たぶん)手で。右手か左手かどちらかはともかく、とにかく手で書いた。ぼくはコーヒーのはいったカップを脇にやり、この原稿を書いているノートの端にこう書いた。「書く、っていうのは紙に文字を刻んでゆくことだった。他に何があるだろう? ぼくが好きだったのは書くことだった。手で紙に書くこと。それがいつからか、キーボードを打つことになっている(清書はそうしている)。違う。ぼくは書きたいのだ。書くっていうのは手で紙に書くことであって、何か変だな、と少し前から勘づいていた。

誰もそのことを言わないけれど、みんなどうかしてる」そうだ、みんなどうかしてる。女の子たちよ、もっとひそひそツィートして世の中に「みんなどうかしてる」と言ってくれないか。みんな、どうしてそんなにぶくぶく太ったのか。みんな、どうしてそんなふうにぶつ切れに話すのか。巻物に手書きで12500字書いてごらんなさい——と書いていたら、右手も左手も疼いてきた。無性に書きたくなってきた。というか、書かなければ駄目だ。何が駄目なのか知らないが、これまで趣味で買ってきたすべてのノートの白紙を手書きで——ドーナツなしで——砂糖をいれないコーヒーだけで、何ならそのコーヒーをインク代わりにして書こう。改行なんかしてる場合じゃない。昔、ある雑誌のレイアウトの仕事で中上健次氏の生原稿を目にした。改行などなかった。他の作品がどうなっているか知らないが、印刷物になったものは編集者の判断で改行されたという。万年筆で書いてあった。奇麗なブループラックのインクだった。文字が均一で乱れがなく、訂正の仕方も繊細で本当にうつくしかった。うつくしいとか素敵とかいった言葉は滅多に使わないようにしているが、他に言いようもない。滅多に使わない言葉を使いたくなるほどうつくしかった。あれを見たら「これだ」と書き手はすべてうなだれる。「うなだれるべきよ、みんなどうかしてる」。何が「これだ」なのかわからないが他に言いようもない。書いたもの、書かれたものはそれだけでうつくしい。それはそのまま書いた人の痕跡だから。ケルアックは巻物状の草稿がロードなのだと言った。きっと、文字が足跡に見えるだろう。ただし、ケルアックはタイプライターで打った。書いたのではなく。「あら、そうなの」「なあんだ」と女の子たちはつぶやかないで欲しい。「スクロール版」のカバーを見よ。草稿の写真があしらわれている。その迫力と味わいは、書いたも打ったも同じだと女の子たちのつぶやきを静めるだろう。というか、一見、手書きみたいに見える。巻物状になっているからだ。「でもさ、パソコンで原稿書くときもスクロールしてるよね」。ああ、そうか。コツコツ、とペン先が紙を打つ。ノートの端に書いていたメモが足踏みする。でも、改行はしない。間をとらない。ケルアックを読んだ影響がぼくの文章を若返らせる。ぼくが若かったとき、左利きであったとき、まだ痩せていたときに発表のあてもなく左手で書いていた小説は、なんとなく『オン・ザ・ロード』に似ていた。幻想だろうが。若いときに書いたものは全部破棄してしまったので、ここはひとつそういうことにしておきたい。なんであれ、文章が若返る影響なら歓迎である。「若返りを歓迎する歳になっただけでしょ」と女の子。きっと、左利きだった若い自分にも突っ込まれる。でも面白い。昔はそんなこと考えたこともなかった。ときどき文庫本を読んでいて「影響」の面白さに出会う。たとえば、「個性的で詩的な文体」を持つ作家の文庫本を読み、そのあとに付された解説者の文体が「個性的で詩的な文体」そっくりになっていたりする。普段はそんな文章を書く人じゃないのに。でも、その「そっくり」に愛が感じられたなら、それこそ最良の解説だと思う。というか、世界が愛のある解説に充ちていたらどんなにいいだろう。はっきり言って、この先ずっと愛のある解説だけを読んで過ごしたい。ぼくが好きな解説者はみんな愛のある解説者だ。ぼくが好きな本はすべて、この世についての愛のある解説だ。他に何があるのか。みんなどうかしてる。愛という言葉も、うつくしいと並んで滅多に使わないようにしているが、この機に一年分書いておこう。愛なんてシナモン・ロールみたいに甘いよ、ポール・マッカートニーみたいに甘いよ、だからデブるんだよ——とさんざん小突き回されてきた。そのおかげで愛はマイノリティーになってオルタナティブになって反主流になった（と思う）。ぼくがＳＰレコードを聴くようになったのは、愛のある解説者に出会ったからだ。路地の奥にそのレコード屋はあり、ぼくが趣味でノートを買ってきたように、その人は誰もが見向きもしない——あるいは気にも留めない——ＳＰレコードをコツコツ集めてきた。その人——店主、愛のある解説者——はニノミヤさんといって、店の名前も〈ニノミヤ〉と素っ気ない。それだけでは何を売っているのかわからないが、ニノミヤさんいわく「ＳＰとか看板に出しても、どっちにしろわからないし」。じゃあ、せめてレコードと書いておけばいいのに。「うちは、いわゆるレコード屋じゃないんですよ。売ってるのが普通のレコードじゃないから」。彼の言う「普通」とは33回転か45回転で回るレコードのことで、SPは78回転で回して聴く。〈ニノミヤ〉はそれしか売ってない。一枚一枚、ニノミヤさんの手書きでレコードの解説が書いてあり、これが異様に長くて読みごたえがある。9ポイントくらいの、しかしすごく奇麗な字で、演奏者について、いつ録音されたか、いつ発売されたか、作曲者は誰か、聴いた印象はどんなものか、どんなに素晴らしいか、受け売りではなく、ニノミヤさん自身の言葉で書いてある。といって、単なる感想ではない。うわついた売り文句でもない。一枚のレコードについて書きながら、いまはもうこの世から忘れられつつある、でもかろうじて生き残っている（ここが大事）SPレコードというものに対する愛情がひと文字ひと文字にこめられている。「奥が深いよ」とニノミヤさんは言う。深いなんてものではない。二十世紀が始まってすぐに登場し、LPレコードに座を明け渡す半世紀のあいだ、一体、何枚のSPレコードが作られたのか。「把握している人はいないんです。かなり詳しく調べ上げた本があるけれど、うちにはその本に載ってないレコードが結構ある」。SPは世界中で生産されたのだが、ニノミヤさんの店にあるSPはほとんどがアメリカで作られたものだ。「大陸を見るために西部まで行ってみよう」――ケルアックのロードの旅はそんなふうに始まる。大陸というふた文字をつい見過ごしてしまうが、そのふた文字が表しているのは何だろう。考えるうちに、半世紀にわたって作られた黒い円盤の群れがロードに重なった。それらのレコードは大陸のあらゆる地域で作られた。アラブ系の移民街だけに流通していた盤もある。ロードとレコードは似ている。言葉の響きも、刻まれた溝が一本の道であることも。ブルースやジャズがどのように発展していったか、五十年の時間と大陸の広さを俯瞰できる。ジャズといえば、ケルアックはジャズの即興演奏のように書きたいと言った。その場限りの即興が大陸のあちらこちらで演奏され、それらのほんのごく一部がレコードに記録された。記録されたがすでに現存しないものも多々ある。いや、あるのかないのか確認できないものもある。もしかしたら、どこかに残っているかもしれないが、まだ誰も確認していないレコードが沢山ある。もしくは、確認できても聴くのが困難だったりする。なにしろ、すぐに割れるし、床に落としたら、かなりの確率で欠けてしまう。打ちどころが悪ければまっぷたつに割れる。現存して目の前にあっても78回転で回るプレイヤーがなければ聴けない。場合によっては、溝の切り方によってプレイヤーや使用する針が変わってくる。気合いを入れて正確な音の再現を目指したら、もっと大変なことになる。蓄音機で聴くことが必須になり、蓄音機にも色々あって、きりがない。それでも、蓄音機で一曲ごとに針を交換しながら聴いたら、きっと病みつきになる。大陸の片隅で刻まれたその場限りの即興演奏が、空気ごと、時間ごと、肌に触れてくるように、うぶ毛を震わせるように再生される。音楽を「再生する」とはよく言ったものだ。「そういえば篤弘さん、『銀座百点』に木挽町のことを書いてましたね」ニノミヤさんがいきなり木挽町の話を始め、「どうぞ、一杯」とコーヒーを御馳走になった。フレンチプレスで淹れたコーヒーで、ブラックで飲むのがおいしく、ダイエットには最適である。「篤弘さんのルーツは木挽町なんですね」。ルーツという言葉をSPレコードに囲まれて耳にすると、「大陸を見るために西部まで行ってみよう」というフレーズがケルアックの本から飛び出て来るようだ。「ルーツを知るために木挽町まで行ってみよう」とコーヒーを飲みながらつぶやく。「いや、じつはね」とニノミヤさん。「今度、店を木挽町に移すんです」。木挽町——ということは東銀座ですか。「いやいや、木挽町にね、ちょうどいい物件がありまして」。眉唾眉唾。ニノミヤさんはこういうことを大真面目な顔で言うが騙されてはいけない。「じつは、私もルーツがあっちの方なんです」。なんと、それは知らなかった。レコードをめぐるあれこれをニノミヤさんに教わってきたが、まだまだ門前の小僧で大陸の大きさ深さに目が眩む。大体、二十世紀というのはどうしてあんなに次から次へと色んなものを生んだのか。生産したのか。改行なく続いてゆく文章みたいに。ただひたすらアイテムを生み、その流れは未だにピリオドを打つことなく続いている。でも、もういいではないか。「もういいじゃないか」。誰にも把握できないほどのアイテムがばらまかれ、レコードであれば聴く間もなく、本であれば読む間もなく、映画であれば観る間もなく次の作品が現れる。「地球をしばらく止めてくればぼくはゆっくり映画を観たい」と寺山修司氏は言った。さすがだ。しびれる。ぼくは二十一世紀の今こそ、この寺山さんの言葉を眼鏡にして世界を覗きたい。覗く先は二十世紀だ。ただひたすら生産することに終始した（信じ難い破壊も繰り返した）二十世紀の「即興」をじっくり聴いたり読み解いたりしたい。二十一世紀はそれだけでいい。これから百年をかけ、あのマッドネスな二十世紀が作ったもの——とりわけ、誰にも知られずに埋もれたもの——を、ゆっくり味わう。死者たちの再生。死者たちとの会話に百年を費やす。それでは駄目なのか。そこに何かしら前向きな、いかにも前進を感じられる足どりが見られなければ、こうした考えもまた埋もれてしまうのか。では、前へ進むその足どりとはどんなものなのか。バナナの皮を踏んで滑ることはないのか。改行もせずにひたすら進んでゆく旅はどこに辿り着くのか。読み始めたばかりの『オン・ザ・ロード』が、どんなふうに旅を終えるのかすごく気になる。ぼくの書く文章はいつもバナナの皮を踏んでばかりだが、ここまで改行なしで書いてきた。どうやって終わるのかと思っていたが、何のことはない、物理的に紙幅が尽きた。白紙が尽きた。書き終えたら、さっそく新しいノートを買いに行かないと。

歩け歩け

体重計を購入した。

人生には、ある日思い立って体重計を買う日がくる。それも、ただの体重計ではなく、体脂肪率と基礎代謝と体年齢が表示される。結果、体年齢は実年齢より何歳か若く、しかし、身長から割り出された理想の体重を目指すとなると、十二キロの減量が必要であることが判明した。嗚呼。

言い換えれば、「十二キロも余計なものが付いています」と突きつけられたわけで、余計なものを持ち歩くのは性に合わねぇや、てやんでい——と江戸っ子ぶりたくなった。この際、体脂肪率だけではなく江戸っ子率も一緒に量れないものか。

というのも、このところ江戸っ子としての自分がじつに心許ない。江戸っ子とは何ぞや、という根源的問いに、たびたび突き当たる。誰か言ってくれないか、女の子よ。江戸っ子の粋な姐さん。世間体を気にして言葉を呑んでばかりいるオジサンさんたちを蹴散らし、威勢よく、江戸っ子・東京っ子のもどかしさを明かしてくれ。

いやいや、わかってますって、それが難しいってことは。「とは何ぞや」に答えるのはもちろん江戸っ子が望ましいけれど、絶望的な答えをひとつ披露するなら、江戸っ子というのはそうした問いに正面から答える——たとえば本を一冊書く——ような意気地がハナからない。正義は好きだが正論が嫌いで、成し遂げることが面倒だから、さっとケツをまくって積み上げてきたものを台無しにする。粋と馬鹿は紙一重なのである。嗚呼。

といった前フリを述べたうえで申し上げると、幸か不幸か三代続いた生粋の江戸っ子である。祖父は木挽町で生まれ、父は神田、ぼくは世田谷の赤堤で生まれた。が、灯台もと暗し。東京のあれこれをよく知らない。とんかつと鰻と団子の旨い店は知っている。地下鉄の赤坂見附と永田町が同じ駅であることも知っている。二十三区それぞれの色合いや感覚、土地柄、土地勘も肌で覚えている。

けれど、たとえば道が分からない。点と点を結ぶ線の詳細が分からない。まともに東京を歩いたことがない。歩いて知っているのは神戸や大阪で、歩かないことには町を知り得なかったので、神戸っ子や浪速っ子が呆れるほど歩いた。

でも、東京では歩かない。それなりに知ってるつもりと知ったかぶりをし、本当はろくに知らないのに、いまさら何言ってやんでい、と、ついつい地下鉄やバスに乗る。ときにはタクシーにも乗る。まったく歩かなくなった。なるほど太るはずだ。

赤堤に生まれて七年を過ごし、隣町の代田に引っ越して五年。そのあとは世田谷から離れ、結婚の際に届けこそ本籍＝木挽町がある中央区役所に提出したが、住むところはふりだしに戻って赤堤＝豪徳寺と決めていた。生まれた町に戻りたかったのだ。

中央区役所からの帰り道に銀座でコニカのビッグミニというカメラを買い、十七年ぶりに戻ってきた豪徳寺をそのカメラで毎日記録した。新婚という二度とない——いいえ、その気になれば何度でもありますが——期間を記録する意味もあったが、結局のところそれは町の日常を留めておくことで、常にビッグミニをポケットに忍ばせ、目に留まったものを片っ端から撮った。

ある日、いつものようにビッグミニを構えて路地裏を歩いていたら、向こうから同じカメラを構えた人が連写しながら近付いてきた。荒木経惟さんだった。あとで知ったが、家が近所なのだった。「おっ」と言って荒木さんはぼくを撮り、気おくれしたぼくは、すれ違ったあとにそっと荒木さんの小さな背中を撮った。それが最初の一枚で、それから何度か荒木さんの背中を撮った。

というのは、二十年前のぼくは六本木のデザイン事務所で働いており、豪徳寺から小田急線に乗って代々木上原で千代田線に乗り換え、乃木坂で降りて六本木まで歩いていた。この同じコースを同じような時間に荒木さんも辿っていた。撮影済みのフィルムを小脇に抱え、毎日のように溜池の現像所まで届けに行っていた。当時の荒木さんの日記にそう書いてある。日記をまとめたのは何という本だったか。本棚の奥に隠れてすぐに見つからないが、本の記憶より背中の記憶だ。

たとえば、駅まで歩いてゆくときに荒木さんの後ろ姿が何メートルか先に見え、観察していると、やおらビッグミニを取り出して、居合抜きの要領でさっと何か撮る。ぼくはすかさずその後ろ姿を撮った。背中から狙うのはいささか卑怯だが、別の日には不意に背後でシャッターの音がして、あわてて振り向くと荒木さんがニヤリとしていることがあったからお互い様である。

それにしても、こっちも毎日同じ道を歩いていたので、道すがらに撮るべきものは何もないと知っていた。が、天才が歩くと風景は一変する。居合わせた通行人や猫が一瞬だけ絶妙の構図をつくり、奇跡のような瞬間を天才の背中越しに何度か見た。ぼくも相方もうちの猫もうちの大家さんの猫も荒木さんに射止められた。大家さんの猫は写真集『東京猫町』に登場している。

たまたまぼくはそのころ『アサヒカメラ』のデザインの仕事をしていたので、年に二回ほど荒木さんの新作をレイアウトした。レイアウト用に届いたプリントの中には背中越しに見た町の風景もあり、偶然、撮影現場に立ち合えたのも愉しかったが、作品としての仕上がりの見事さに、あのときのあれがこうなるのか、と舌を巻いた。

そしてこう思った。もし、天才に何かしら秘密があるとしたら、それはやはり「歩く」ことだろう。タクシーで移動していたら、あんなふうに路地裏の風景と睦み合えない。

歩け歩け、と二十年前のぼくは自分に声をかけた。

それがいつのまにか、タクシーなんかに乗って十二キロも余計なものを蓄えている。

歩け歩け、と体重計が宣った。

いや、体重計は何も言わないけれど、このたび体重計など買いまして、と減量に臨む意向をそれとなく表明したところ、百人中百人が、歩け歩け、と連呼した。

あのね、いいですか、菓子パンをやめただけでは痩せませんよ。少しはいいかもしれないけれど、十二キロは無理です。歩きなさい。有酸素運動というやつです。のんびり歩いていたら意味ありません。新しい靴を買いなさい。そして、どこへ行くにも張りきって歩いてゆきなさい。

てやんでい――と言いかけたが、ここは素直にそうすることにした。二十年前には生まれた町に戻ろうと決めたわけだが、今度は空間ではなく時間をさかのぼりたい。いや、そんなことはもちろん不可能だから、心意気だけでもそのつもりで赤堤から木挽町まで歩いてみたい。

で、さっそく地図を睨みながら豪徳寺から東銀座までの距離を測ってみたところ、驚いたことに偶然にも「十二キロ」なのである。もちろんキロメートルとキログラムのキロは別物であると承知だが、十二キロを減らすために十二キロ歩くのは何だか洒落ているではないか。

とはいえ、いきなり十二キロ歩くのは無謀である。ゆえに、目標として木挽町を見据え、当面は赤堤周辺を徘徊し、まずは自分の記憶を辿ってみることにした。革靴を運動靴に履き替え、少年時代に戻ってゆくように歩いてみる。

けっ、回顧なんてしゃらくせぇや、べらんめぇ、とケツをまくりたくなるのをグッとこらえ、辛抱強く毎日歩く。あくまで趣旨は曾祖父が生きていた「いにしえの木挽町」まで歩いてゆくことで、一歩二歩と時間を巻き戻す要領で、まずは近過去である自分の黎明期を歩く。そして、しかるのちに「いにしえ」へと歩を進めてゆく。

メートルとグラムを混同したこのミッションは、十二キロの彼方の木挽町まで歩いていけば十二キロ体重も減る、という何の根拠もない理論に基づいている。このデタラメさがじつに自分らしくてやり甲斐がある。

といった前フリを自分に念じた上でおもむろに歩き始めた。前述どおり、当面は近隣を歩く。所要時間は約一時間。玄関を出たら、その日の気分で西へ東へデタラメに歩いてゆく。

勝手知ったる生まれ育った町だが、じつは、いちばん用がない。買い物に商店街を往来するだけで、商店街以外にはとんと足を運ぶこともない。子供の時分に遊び場だった公園にも学校にも神社にもすっかり御無沙汰していた。

しかし、歩くと足が思い出してゆく。

自分は歩くことが好きだった。

小学六年生の夏休みの宿題は自由課題だったが何も思いつかず、結局、「町を歩いて」というタイトルのレポートをつくり、タイトルそのままに近所の町を歩いて、その感想を書いた。レポートの表紙にはビートルズの『アビイ・ロード』のアルバムジャケットから、横断歩道を渡るポール・マッカートニーの姿を描き写した。そういえば、このジャケットのPMはひとりだけ裸足で右手に煙草を持っている。描き写しながら気づき、裸足で歩くなんてさすがPMだと感動した。いま思うとPMもかなり変だが、ぼくも相当におかしなガキであった。

ちなみに横断歩道の先頭を歩くジョン・レノンは白いズックを履いており、これはフランスのスプリングコートというメーカーのものらしい。この靴はいまでも手に入る。きっかり二ミリの無精髭にこだわったセルジュ・ゲンズブールも愛用していたという。さすがに裸足で歩くわけにいかないので、木挽町までゆくときはこのズックでも履いてゆこうか。そのころぼくは十二キロ痩せている（はず）。が、いまは十二キロの余計なものを常に抱えているわけで、歩き始めてしばらくするとじわじわ汗ばんでくる。

横断歩道の手前で赤信号に立ちどまった。前方に目をこらす。誰の背中も見えない。なんだか、ぼんやりしているうちにずいぶん遅れをとってしまった。さて、自分は何をしていたのか。歩いていたら少しずつ気分が良くなってきて、そうだ、歩くのは気持ちいいことだったと思い出した。どうして忘れていたのか。どうして歩かなかったのか。何をしていたんだ？

水を飲む。汗を拭く。信号が青に変わって横断歩道を渡る。あれっ？　先頭を歩いていたJLの姿が消えている。

JLが撃たれたあの日、呆然としたまま宙を歩くような足どりで予備校に向かった。デッサンを描きあげなくてはならない日で、御茶ノ水駅前の横断歩道を渡る途中、同じアトリエに通う友達の顔を見つけて駆け寄った。

「ジョン・レノンが死んだ」とすれ違いざまにぼくは早口で言った。

「え？　何？」と彼が聞き返した。

「ジョンが死んじゃったよ」

スクランブル交差点の真ん中で（控えめに）声を張り上げた。空が青く晴れていて、その日は太平洋戦争が始まった日でもあった。

そういえば湾岸戦争が始まった日もたしか晴れていた。

ぼくはその日、銀座の横断歩道をいくつも渡って朝日新聞社に向かっていた。『アサヒグラフ』の編集長に呼び出され、戦争を報じる緊急特集号をレイアウトして欲しいと命じられた。続々と届く禍々しい写真を並べながら打ち合わせをし、その週の終わりに徹夜で仕上げた。日曜の深夜の新聞社はあらかた照明も落ちて薄暗く、作業を進めるうちに夜が明けてゆき、まっさらの太陽がやたらに眩しかった。昼前に入稿を終えて解放されると、しょぼしょぼした目で築地から新富町の中央区役所までヨタヨタおろおろと歩いた。まさか大きな戦争が起きて召集されるとは予期していなかったので、かねてから、その月曜日に入籍の手続きをしようと決めていたのだ。本当なら何の変哲もない平凡な吉日で、記憶にも記録にも残らない月曜日だった。でも、遠くで戦争が始まっていた。

戦争が始まるさなか、ぼくは徹夜明けで結婚をし、ビッグミニを買って生まれた町に帰った。

新居のアパートはまだ引越し前で荷物もなく、台所にテーブルと椅子だけがあって声がよく響いた。相方が買った花がテーブルに飾られていた。とにかく眠くて疲れていたが、二人で食事をして、ささやかにその月曜日を祝った。

日が暮れると、外から雨の音が聞こえてきた——。

歩いていると、そうしたことを思い出す。歩かなければ何も思い出さなかった。入籍した日のことなどとっくに忘れている。相方も同じだ。一月であったことは覚えているが、何日であったかはしばらく二人で考えないと言い当てられない。祝ったことは一度もない。記念日というのが二人とも苦手で、祝うのはせいぜい誕生日くらい。それとて、ぼくの誕生日はゴールデン・ウィークの真っ只中にあるから、諸々の行事に埋もれてうやむやになる。森繁久彌と田中角栄とオードリー・ヘップバーンが生まれた日である。これ以上ない恐いものなしのメンバーだ。

ついでに言うと『不思議の国のアリス』のモデルとなったアリス・リデルの誕生日であり、『ガリヴァー旅行記』のガリヴァーがリリパットに漂着する最初の航海に船出した日でもある。

このような特別な日——なのかどうか——に、ぼくは小田急線梅ヶ丘駅前にある産婦人科で生まれた。赤堤生まれと書いたばかりだが、より正確に記すと梅ヶ丘生まれである。この産婦人科は今も健在で、歩け歩け、と自分を鼓舞して歩いていると、どういうものか、医院の前をしばしば通りかかる。時間を遡って自分を追いつめてゆけば、行き着くのは結局この産婦人科で、当たり前だがこれ以上遡ることはできない。自分がこの世に現われた場所が、ここ、と指差せるかたちで目の前にあるのは何とも妙な気分である。ここから自分は始まったのだ。

ひとしきり歩いたあとで体重計に乗ってみた。

菓子パンをやめ、歩き始めて三日目の朝。食事も多少制限し、なるべく規則正しく三食いただき、菓子パンに限らず、とんかつも鰻も団子も遠ざけてこの世にないものとした。すると、三日で一キロの余計なものが消えていた。遠ざけたのが効果を生んだのか、それとも、歩いて思い出して過去を望んだことでスリムな自分に戻ろうと帰巣本能が働いたのか。一週間が終わるころには二キロ減り、文字どおり身も心も軽くなり始めた。

偉大なり、体重計。江戸っ子率など計測できなくてもいい。何ごとも成し遂げられない江戸っ子は、しばらく消えてくれ。

というか、たぶん十二キロの脂ぎった着ぐるみを脱ぎ捨てると、中から情けなく貧弱な江戸っ子がヨタヨタおろおろと現れるのだろう。
粋と馬鹿は紙一重である。
さぁ、歩け歩け。

逃げろ逃げろ

歩け歩け、と思いつくまま書いてきたが、ちょっと待った、何だか変だぞ、と急に立ちどまりたくなった。やっぱり、というか当たり前なのだが、ぼくはどう転んでもジャック・ケルアックになれない。『これからはあるくのだ』と素晴らしく男前なタイトルのエッセイを書いた角田光代さんにも、もちろんなれない。これからは歩くのだ、と決意した次の週にもう立ちどまっている。

子供のときからこうだった。決められたルールや、動かし難い事実に追い詰められると急に逃げ出したくなる。というか、「たくなる」だけならまだしも、本当に逃げ出してしまう。学校からも仕事からもたびたび逃げ出してきた。三日坊主ではなく、いちおう三カ月くらいは楽しくやってきたのに、不意に衝動が訪れて、さっとその場を離れる。根気というものがまるでない。だから長編小説なんてとても書けない。

「あの、もうちょっと長く書いてみませんか」

「いや、もういいでしょう」

「もう少し、この世界に浸っていたいんです」

「もういいですよ」

「せっかく面白くなってきたのに」

「だから、もういいって」

では、失敬。これにてジ・エンド。

といった次第で、そうしたとき必ず「ちょっと待った、何だか変だぞ」と立ちどまって一歩退く。そこまでの道のりと、この先の見通しと、手にした地図や計画表を見比べ、「まずいな」と一人でつぶやく。もし、ぼくがツイッターを始めたら、毎日毎日「まずいな」「まずいぞ」「しまった」「違うな」「困った」「やめたい」「降りたい」「逃げたい」「帰りたい」の連続になる。帰りたい、ってどこにだ？　左利きだった自分、痩せていた自分に？

いつのまにか、そんな話になっている。しかし、この連載で書こうとしていたのはこんなことだったろうか。そうだっけ？　何だか変だぞ、と立ちどまりたくなった。いまさら迷惑な話である。人混みを歩いているときに、突然、前を歩いていた人が「あ、そうだ」と立ちどまり、その人の背中にぶつかって、なぜかこちらが「すみません」とあやまったりして。いや、この場合、立ちどまった「その人」が自分なのだが――。

歩くでも、走るでも、逃げるでも、なんでもいいけれど、どう喩えようと、書くことは文字を連ねてゆくことである。途中で立ちどまりたくなって、一行アキだの三行アキだのを駆使しても、結局はまた書き始める。こうなったらどこまでも書いていかなければならず、止まったら最早そこまで。ページが途切れてあとは白紙になる。

が、たとえ止まったとしても、しばらくすれば、また別の何かを書き始める。小説をやめてエッセイを書く。詩を書く。アイディアを書きとめる。買い物のメモだってとる。

買い物のメモ――たとえば「油揚げ二枚、豆腐一丁、納豆、茄子、林檎、胡瓜、ごま油」などと書いた瞬間、そのメモに触発され、それまで遅々として進まなかった長編小説の先行きが見えてきたりする（こともある）。

いつかつくってみたい「夢想本」のひとつにこういうものがある。

自分の書いた文章を、発表したもの、発表しなかったもの、書き損じ、ボツ原稿、下書き、メモ、手紙、メール、日記、つぶやき、ぼやき、うわごと、寝言の類まで、書かれたものであればすべて――パーティーの出欠の○×に至るまで――何もかもイッサイガッサイを時系列に並べてゆく。二年くらいの間のすべてを。その二年間に、たとえば、長編小説を連載で書き、短編小説も書き、書き下ろしも書いてエッセイも書き、普通ならそれぞれが一冊の本になってゆくところを、すべてを一冊に収めてしまう。編集なし。修正なし。修正したい場合は、新たに修正した原稿をもう一度収録する。ページ数は五二〇〇ページくらい。大変な本だ。一冊になっていないと意味がないので、造本技術がものを言う。いや、言わないか。さすがに無理だろう。そうか、こうしたものこそ電子書籍にすればいいのか。では、そうしよう。それならそれで、二年かけて随時更新というかたちをとり、ジェイムズ・ジョイスの『フィネガンズ・ウェイク』よろしく『ワーク・イン・プログレス（仮）』――邦題『ただいま進行中（仮）』――と称する。そうして出来上がるのは一冊の長編小説でも連作短編でもエッセイ集でも日記でもない。名付けようのない、しいて言えば『二年間の全集』である。

「どうです、そんな本？」

脈のありそうな編集者に「いいですか、誰にも言っちゃ駄目ですよ、とっておきのアイディアなんですから」と小鼻をふくらませて持ちかけた。しかし、

「それの何が面白いんです？」

「ええとですね――（長考）――そうそう、ぼくじゃなくて、これがたとえば太宰治の本だったらどうです？　その二年間に太宰は長編の連載を五本こなし、短編を一ダース書き、随筆とか詩とか戯曲なんかもどんどん書く。手紙も膨大に書いて、遺書だって書くかもしれない。いや、きっと書くでしょう太宰なら。でも、遺書を書いた次の日に買ったばかりのテレビの調子が良くなくて、メーカーにクレームの葉書を書く。さらりと恋文も書く。請求書だって書く。無論、メモも書くし、日記なんて小説より面白い。日記には、髪形を変えてみたいとか、体重計を買ったとか、小説よりも漫画の方がいまは面白いね、とか書いてある」

「で？　それで何なんです？」

「いや、たとえば、髪形を変えてみたいと日記に書いたあとで書きかけの小説に戻る。するとどうなるか？　恩師に御機嫌いかがですかと葉書を書き送り、そのあとすぐに書きかけの小説に戻る。するとどうなるか？　散歩の途中で昔を回想し、忘れないうちに書きとめておこうとノートにしたため、感慨深い思いのまま書きかけの小説に戻る。するとどうなるか？　そのうち、書きかけの小説を書いている途中で連載の締め切りが迫り、別の小説と交互に書いてゆく。その途中でエッセイの締め切りもくる。午前中はエッセイ、午後は小説A、夜は小説B、夜中には日記と手紙とメールを書き、ああ、そういえば、とブロ

グを更新。寝しなにツイッターでつぶやいて——といった具合に、色々なテキストがから
み合って混乱しながら書いている。完成した本を個々に読む読者は、作家がどんなふうに
書いているのか混乱の実態を知らないけれど、実際のところ、こうしたいくつものテキス
トが相互に影響し合っているわけです。ケルアックが『スクロール版オン・ザ・ロード』
を一心不乱に書いたのは稀なケースです。大抵の作家はそんなわけにいきません。掃除も
しなきゃならないし、御飯を炊いたり、コジマに体重計を買いに行ったり、ときにはこう
して編集者と焼き鳥屋で一杯やって、もう本当に毎日毎日いろいろある。完成した本だけ
を見ると、いかにも、この小説だけ書いてました、みたいな感じですが、実態はもっと複
雑怪奇なものです」
「でも、そうした混乱を感じさせないのがプロの仕事というものです。プロは舞台裏なん
て見せるもんじゃない」
以上。即刻の却下。
こうして、とっておきの企画は次々と流れ、書かれなかった本、つくられなかった本が
夢想本の本棚に増えてゆく。いずれ、その棚を公開する本をつくってみたい。夢想本の夢
想本である。
じつを言うと、『木挽町月光夜咄』もそうした夢想本のひとつだった。五年ほど前に表

題を決め、目次も決めて準備をしたのに、発表のあてがなく、やはり編集者に話したところで止まっていた。

「どんな本です？」

「初めてのエッセイです。せっかくだから、自分のことを率直に書いてみたい。でも、やっぱり自分のことはあまり書きたくない」

「どっちなんです？」

「書きたくないんだけど、つい書いてしまう、みたいな、そういう仕掛けにならないものかと」

「どんな仕掛けですか」

「ぼくのひいじいさんが、昔、銀座の木挽町で鮨屋をやってたんです。場所は歌舞伎座の裏あたり、マガジンハウスの裏のあたり。だもんで、ぼくの本籍はいまもそこなんですが、そのひいじいさんのことを書いてみたい。と言っても、まだわからないことが沢山あるので、書きながら調べてゆく。ついては、木挽町にひと部屋借りまして、夜になったらその部屋で一人静かに机に向かう。せっせと資料を集めて読み込み、ついでに関係のない本も読んで、せっかく銀座にいるんだから映画も観に行きたいし、買い物なんかも――」

「何の話です？」

「いや、自分のルーツとなる場所で、夜に一人で考えたいんです。まずは、会ったこともない曾祖父のことを考える。会ったことがないから、会ったことのある祖父のことを調べ、祖父を知る人に話を聞き、たとえば、うちの親父はもう死んじゃいましたが、生前に聞いた話があるので、まぁ、親父のことも書く。そうやって、遠近法で書いていったら、いちばん手前に末裔の自分がいるわけで、過去を眺めるのぞき眼鏡に自分がかぶってくる。で、自分自分といっても、ぼくも半世紀くらい生きてきたので、それなりにいろいろあるわけで、順番はでたらめになるかもしれないけれど、夜の木挽町から眺める自分のルーツの一部としてぼくのことも、ついつい書いてしまう。簡単に言えば、親父の方の血筋を振り返って眺め、振り返れば、いちばん手前にぼくの背中があるから、そいつもそのとおりに書く。そういうことです」

「さっぱりわかりません」

「いや、ぼくにもよくわからないんですよ。でも、とりあえず、『いま』を書いてみればいいのではないかと。いまの自分をありのままに。で、木挽町に借りた部屋を過去に向かうための装置に見立てる」

「要するに、木挽町に部屋を借りたいんですね」

「夜になったらそこへ行って——夜じゃないと駄目なんです。空気が静まり返る時間に。

でも、すぐそこに銀座の喧騒があって、喧騒を背負いながら夜にはまり、そうして、その特別な場所で考えたことをありのまま書く」

当初はそんな本になる予定だった。が、いまのところ、木挽町に部屋は借りていないし、なにしろ歩いたら十二キロもあるのだから、そう簡単に辿り着かない。それはぼくが、ちょっと待った、何だか変だぞ、と立ちどまる癖があるからで、決まりきった目次からすぐ逃げ出したくなるからである。

さんざん学校をサボって仕事をサボってきた自分は、いつからか書くことに時間を占拠されてきた。誰かに縛りつけられているわけではないけれど、書けばいずれ本になってゆき、本は形を持っているから、ときどき、本がルールや形式を重んじた学校や会社に見えてくる。

手っ取り早く言うと、ぼくはときどき本から逃げ出したくなる。

本を読むことも書くことも造本することも好きだ。まだこの世にない本を想うだけでいい。すでにこの世にある本は眺めているだけでいい。いや、眺めなくても、鞄の中に本が一冊はいっていれば、それだけで気分がいい。

もちろん、山奥の温泉や海のきれいな離島もいいけれど、本がなかったらきっと行かない。携帯電話なんてつながらなくていい。むしろ、圏外が望ましい。でも、そこに面白そうな本と面白くもなさそうな本——しかし、読んでみたら思いがけず面白かったりする本——が共存した本棚がなければ駄目だ。

それほど本が好きなのに、ときどき本から離れたくなる。

正確に言うと、書いているときに、いま書いている本から抜け出したくなる。抜け出す、というからには、それまでどっぷり中に入り込んでいるわけで、自分で自分の本を書いていれば、その本はすぐに自分の部屋のようになる。家のようになる。城のようになる。もちろんそれこそが楽しいので書いているのだが、「書を捨てよ、町へ出よう」とかつて寺山修司氏は言ったものだ。さすがだ。しびれる。

そうした思いを一冊の本にしたくて——完全に倒錯である——『圏外へ』という分厚い本を書いた。二年と少しをかけ、さすがに五二〇〇ページにはならなかったが、五一二ページを費やし、なんとか本の圏外へ逃げ出せないものかと足掻《あが》き続けた。

この場合の「本」は明快に「自分」のことだった。自分で自分の本を書いてるのだから仕方ないのに、自分の好きな「本」という物体が、やたらと自分のエゴに充たされているのが堪らなくなった。エゴを叩いて叩いて追い出したくなった。どうすれば叩き出せるのかわからなかったが、モグラ叩きならぬエゴ叩きゲームの要領で、ひょいと「自分」が顔を出したら叩きまくり、思いつく限りの姑息な手段を試みた。

書きかけた小説を放り出してエッセイ調に転じて日常生活に逃げたり、やはり自分が書いている限り駄目だろうと思い至り、それなら、と登場人物につづきを書いてもらったり、一人称から離れて自分とまったく関係のない時代や場所へ飛び、「むかしむかし、あるところに」風に語ってみたりして。二年間、思いつく限りのことを試みたが、どこまで行っても「自分」がつきまとって離れなかった。

あな、おそるべし「自分」。

だから、放っておいても結局は「自分」を書いてしまうのだが、歩け歩け、自分らしい自分に戻ろう帰ろう、と声をかけながら、もうひとりの自分が、逃げろ逃げろ、と陰で囁いている。

そこへ重ねて、

「自分の本を書いていれば、その本はすぐに自分の部屋のようになる——さっき、そう言いませんでした？」

編集者が思い出したようにつぶやいた。

「だったら、それでいいじゃないですか。わざわざ十二キロも歩くことないですよ。作家なら想像力で木挽町に引っ越せばいい。部屋代が浮きますよ。どっちにしろ、木挽町なんて町はもうないんですから」

なるほどそのとおり。分厚い本がどうのこうのと大層なことを言わなくても、ノート一冊あれば足りるのである。まっさらのノートを空き地に見立て、白い紙さえ所有していれば、いずれそこに家を建て、こんなに手軽でリーズナブルな土地はない、と書いたのは自分だった。ノート一冊あれば、そこは場所になり、部屋になる。いまはもうない木挽町も、ノートの表紙に「木挽町」と記せば、そこから町がひらけてくる。

書を捨てず、ノートを開いて町へ出よう。

逃げ出してサボることの効用は、こうしてまた自分の部屋に帰り、自分の本の中へ戻りたくなることだ。

さて、ペンを握りなおして、つづきを書いてゆく。

一九七二年のラジカセ

おれは若いころ落語家になりたかった、と父がよく言っていた。でなけりゃあピアニストかな、と冗談めかしたオマケが付いたが、いずれにしても人前で何かしら演じて客を楽しませるのを夢見ていたようだ。どう見積もっても、ピアニストはまったく似合わなかったが、落語家はもしかするとそれなりにサマになったかもしれない。

というか、父はほとんど日常的に落語家だった。ちょっとした仕草や話しっぷり、「昔こんなことがあって」と始められるオチのついた自前のエピソード等々、機嫌のいいときはまったくもって落語家そのものだった。

父が少年時代を過ごした戦前の東京・大塚には「大塚鈴本」という寄席があった。父は子供のくせにそこで下足番を買って出たり、売店でお茶や菓子を売るのを手伝っていたという。そのとき浴びるように聞いた落語が骨の髄まで染み込んでいたのだろう。晩酌がすんでいい調子になってくると、咄の一節が飛び出して止まらなくなった。それがぼくの骨の髄にも染みついて、歳をとるごとに落語を聴く時間が長くなっている。

それだけではない。

むかしむかしの一九七二年、忘れもしないぼくが十歳のとき、我が家にはじめてラジカセなるものがやって来た。ラジカセ——ラジオ付きカセットテープ・レコーダー。父が何かの懸賞で当てたもので、思えば、あのソニーのラジカセこそ、その後のぼくの人生を決定づけるエポック・メイキングなマシーンだった。

父はそのラジカセでヒマさえあれば落語を聞いていた。それ以前もラジオで落語が放送されるときは必ず聞かされる羽目になったが、ラジカセの登場は父の落語人生（そんなものないけれど）に大きな変革をもたらした。一回限りだったラジオ放送を録音して何度も何度も聞いていた。日曜の午後など、ラジカセで落語を流しながら、そばがらの枕で気持ちよさそうに昼寝していた。狭いアパート住まいだったので、家じゅうに志ん生の声が響き、それよりも大きな音をたてて父はいびきをかいていた。明らかに眠っているようなので、そおっとラジカセに近づいてストップ・ボタンを押すと、押した瞬間に目を開いて、

「何で止めるんだ、ひとが気持ちよく聞いてるのに」と真顔で怒った。なんだい、気持ちよく寝てたくせに。

そういうわけで、文字どおり寝ても覚めても我が家には落語が流れていた。「うらやましいですね」と話を聞いて目を輝かせる奇特な人もいるが、事態はそう単純でもない。というのも、我が家には父の他にもうひとり——忘れちゃならない——母親というものがいるのだった。

母は若いとき絵描きになりたかった。実際、なかなかの腕前である。母の父——つまりぼくの祖父——の生業は家具職人だったが、ルソーのような魅力的な絵を描く日曜画家でもあった。その血をしっかり引いたらしい。

ぼくが、「父は落語家に、母は画家になりたかったようです」と話すと、周囲の人たちは一様に「なるほどねぇ。それで篤弘さんが生まれたわけだ」と納得する。ぼくは落語家にも画家にも興味はなかったが、いつのまにか、小説を書いたりデザインの仕事をしたりしているのだから、両親の影響は否めない。が、それは引き継がれた血のせいではなく、あの一九七二年のラジカセのせいではないかと思う。

父の仕事は印刷業で——これもまたぼくに少なからぬ影響を与えていると思うが、その話はここではしない——当然ながら昼間は会社で働き、夜は遅くまで帰ってこなかった。

仕事も忙しかったろうが、仕事のあとに酒を飲むのが忙しく、ほぼ毎日きまって午前様だった。そんな父のいない夜更けに、母がラジカセを枕もとに引き寄せて深夜放送を聞くようになった。

夢うつつで聞きながらも、気に入った曲に出あうと、録音ボタンを押して次の日に繰り返し再生していた。これがまた母らしいというか、たしかに芸術家の素質があるかもしれないと思わせるのは、録音した何曲かのうち、特にお気に入りの二曲があり、ひとつがビートルズの『ヘイ・ジュード』——これはまぁ順当な選曲だが、もうひとつが何とベルベット・アンダーグランド（もしかして：ヴェルヴェット・アンダーグラウンド？とGoogleにまた突っ込まれた。はい、そうでした）（もしかして：ヴェルヴェット・アンダーグラウンド・アンド・ニコ？　いいえ、そうじゃなく）今回はアンド・ニコではないニコが抜けたあとのアルバムに収録された『SOME KINDA LOVE』という何とも妖しくカッコいい曲。これは本当にいま聴いてもカッコいいというかヤバいというか、トリップ感覚満点の曲で、このカッコいい変な曲を母が何度もリピートして聴いていた。そいつが、まだ十歳のぼくの骨の髄にじわじわ染み込んだ。ビートルズだけならまだ健全だったのに、よりによってヴェルヴェットのこの曲を好んだのが渋いというか信じられないというか、まったくもってアーティスティックな母である。

落語とビートルズとヴェルヴェット・アンダーグラウンド。

笑いとポップとアンダーグラウンド。

間違いなくいまの自分の素になっている三大要素である。これにちょっとした哲学と詩のようなものがまぶされたら一丁上がりだ。ちなみに、詩と哲学は、落語の登場人物とビートルズの歌詞とアンダーグラウンド演劇＝唐十郎氏と寺山修司氏から学んだ。落語と歌詞と芝居の台詞——いずれも音を伴う言葉の群れが、いまでも文章を書くときにつきまとう。いや、ここでは文章のことは後まわしにして音楽に的を絞る。

『ヘイ・ジュード』と『SOME KINDA LOVE』を繰り返し聴いていた母のポップ&アート志向というか、王道&外道志向というか、もっと端的に言って、メジャー&マイナー志向というか、そもそも日本の歌謡曲ではなく洋楽を好んでいたのも——父の落語に対抗していたのか——多感な十代が始まろうとしている息子（ぼくのこと）に複雑な影響を与えた。

それまで本ばかり読んでいたガキが、この一台のラジカセによって洋楽と落語を聴く変なヤツになった。音楽小僧、ロック小僧、ギター小僧の道を歩み始めてしまった。音楽って何て素晴らしいと目の色が変わり、世田谷線の運転手になるか野球の選手になるかどちらにしようか悩んでいたのに、ギターを弾きたい、ミュージシャンになりたいと叫び、気づくと「ふとん叩き」を手にしていた。

そういえば最近、ふとん叩きを目にしないが、いまでも健在だろうか。あのかたちと大きさが、ガキが抱える「架空のギター」にうってつけだった。だから、ふとん叩きこそぼくの弾いたギター第一号で、音は出ないが、構えてジャラジャラ弾きまくるレッスンにはなった。ジャラジャラやっては、デタラメな英語の歌――たぶんビートルズの曲だったが覚えていない――を歌い始めた息子を母は哀れに思ったのだろう、ほどなくして、どこからか壊れかかったクラシックギターをもらってきた。おもちゃではなく大人用の本物のギターだったが、チューニングもわからないままかき鳴らしていたので、結果はふとん叩きと大差ない。いや、デタラメな音が出る分、本物のギターは妄想がすぐに興醒めする。それでも、デタラメに弾きまくる息子を不憫に思ったか、母は自分の弟――つまりぼくのおじさん――を連れてきて、あんた、ギター弾けるでしょ、ちょっと弾いてみせてよ、とおじさんに壊れかかったギターを手渡した。するとだ。あんなにデタラメな音しか出なかった駄目ギターを、おじさんが調弦してジャラランとやると、ビートルズとまったく同じ音がした――ように思えた。

なに、それ。どうして？　どうやったらそんなことができるの。うまい！　おじさん、うまい！　俺も弾きたい。音楽って素晴らしい。俺もおじさんみたいになる。カッコいい。

ギターもおじさんもすごく凄い——と興奮の仕方もデタラメだった。しかし、自分の前半生を振り返ってみると、あんなに新鮮な驚きは他になかった。このとき自分の中で大変な地殻変動が起きたのだ。

それまでは、ひたすら本ばかり読んでいるガキで、自分でお話のようなものを書いたりしていた。だから、もしかしてそのまま放っておいたら素直に小説家を目指していたかもしれない。が、おじさんのジャランランによって、俺はギターを弾く、絶対に音楽をやるんだと一夜にして目覚めてしまった。さらには、「大人になったらおじさんみたいになりたい」と真剣に思ったのだが、母が祖父から引いた血をこのおじさんも引いていて、つまりは、このおじさんの職業こそグラフィック・デザイナーなのだった。

いや、本当を言うとですね、作家でもデザイナーでもなくて、じつは音楽をやりたかったんですよ——と告白すると、「ふうん。それはどんな音楽ですか？　篤弘さんはどんな音楽が好きなんです？」と厳しく問い詰められる。嗚呼、この世で「どんな音楽を？」と訊かれることくらい困ることはない。なにしろメジャーとマイナーの両方を好んだ芸術家肌の母の息子なのだ。そのうえ、大衆芸能を愛してやまなかった父の息子なのだ。そして、真っ当な息子（ぼくのこと）というものは、父母のおかしな趣味嗜好に反発するのが常なのである。「けっ」とばかりに父母に背を向け、自分なりにせっせと耳を鍛えてきたものの、三つ子の魂百までも――だ。

あらゆるジャンルを聴いてきたが、常にそれぞれのジャンルの王道と外道、メジャーとマイナーの両極を愛した。そして音楽に飽きると、当たり前のように落語や浪曲を楽しんできた。

もういちど書くが、すべては一九七二年のラジカセから始まった。以来三十八年、メジャーとマイナーを行ったり来たりして、たとえば、この原稿を書いているただいま現在、一体どんな音楽を聴いているかというと、主に二十世紀前半のジャズやポピュラー・ミュージックをSPレコードで聴いている。かなり、けったいなことになっている。五〇年代以降のものはSPだけではなくビニールのレコードでも聴いているが、「どんな?」の質問に答えようとして、思いつくまま、ポール・ホワイトマン、エディー・ラング、ベイビー・ドッズ、オスカー・アルマン、アネット・ハンショーといった名前を挙げてゆくと、見事にことごとく通じない。なんですかそれ、マニアックですねぇ、と片づけられ、ええ、そのとおり、すみませんでした、と声も肩身も小さくなる。

が、話はここからが本題だ(大幅に脱線しているが、本題は体重を減らすこと、そのためには「歩く」ことが必須条件だった)。

さて、「どんな音楽を?」の質問につづいて「小説を書くときに音楽を聴きますか?」

と問われることがある。この問いの答えは迷うことなく「聴きません」だ。

書く前後には聴くけれど、書いているあいだはなるべく音楽から離れる。カフェや喫茶店で書くときも、音楽が耳に訴えてくると書けなくなる。聴きながら書くことがどうもできない。

この十年、書く仕事がしだいに増え、ということはつまり三度の飯より好きだった音楽を聴く時間が激減していた。そしてこれがいつからか小さな——大きな？——ストレスになっていた。愛用のiPodにはCDから読み込んだ曲が何百曲も入っているのに聴く時間がない。

それがこのたび、歩き始めて一気に解消された。

歩くときこそ音楽を集中して聴ける。はっきり言って、音楽を聴くために歩いている。痩せようとか、歩け歩けとか、アレコレ言ってみたが、そんなものはすべて音楽を聴くための口実に過ぎない。どうしたら、再び音楽を楽しめるかと考えた挙句、行き着いたのが「歩きながら聴く」という結論だった。

ただし、ちょいと妙なことが起きた。

歩きながら聴きたい音楽は、前述のホワイトマンでもラングでもハンショーでもなく、なぜか若いときによく聴いた音楽。青くて青すぎて恥ずかしいような、でもちょっとカッコよかったり、情動を煽られるようなもの。歩く道は昔よく歩いた道で、つまり青かった自分が歩いていた道である。毎日一時間歩き、菓子パンをやめ、とんかつやカレーや餃子をやめ、腹筋と腕立て伏せなどを始めてみたところ、みるみる体重が減ってきた。体重計が示す体年齢が嘘のように若返り、これに準じているのか、聴きたい音楽まで若くて青くさいものに傾いてきた。まずはビートルズを、次にチューリップ、それからクイーン、レッド・ツェッペリン、四人囃子、カシオペア。

ビートルズは例外として、いずれも久しく聴いていなかった。久しく聴いていなかったが、この順番で小学生から高校生にかけて夢中になった。「カシオペア？」と意外そうな顔をする人がいるが、ぼくが高校生のときにカシオペアはまだレコード・デビューをしていなかった。すごいバンドがいると噂を聞いて小さなライヴハウスへ観に行くと、観客はせいぜい二十人くらい。デビュー後のアレンジとはかなり違うアドリブ・パートの長いジャズ寄りの演奏が素晴らしかった。あまりに素晴らしいので、見よう見まねで当時組んでいたバンドでさっそく何曲かコピーした。十七歳だった。ふとん叩きからずいぶん出世して、いわゆる本物のギター小僧になっていた。

そのあとにパンク、ニュー・ウェーブ、インディーズの時代が来てみんなとんがった。とんがるのがカッコいい時代だったが、カッコいいのがぼくにはカッコ悪く見え、八〇年代は、おとなしめにア・サーティン・レイシィオとエヴリシング・バット・ザ・ガールとXTCとエルヴィス・コステロを聴いていた。露悪的なパンクやゴシックは好きになれなかった。新しい、カッコいい、としきりに喧伝されたが、すでに母からヴェルヴェットの洗礼を受けていたので、何ひとつ驚かなかった。ただ、マイナーなものはいつも気になっていたから、ジョセフKやデフ・スクールやメイキン・タイムやバイブルやクリーナーズ・フロム・ヴィーナスやディス・ヒートや――嗚呼、きりがない――を聴いていた。

レコード棚の隅から、そういった忘れていたレコードやCDを引っ張り出してきてiPodに読み込ませ、本当にひさしぶりにまっさらな気持ちで音楽を聴いている。すると、あのころの時間が再生され、歩くことと聴くことがひとつになり、歩くのが全然苦ではない。音が腹に沁みわたる。とんかつを食うかわりに音楽を食っている。思えば、昔はレコードを思うように買えなくて食事代を節約していた。だから音楽が沁みたのかもしれない。そういうことだったのかと空腹が納得する。何も変わってない。変わったのは自分の欲望と食事だけだ。いや、もうひとつ。音楽に対して屈託がなくなった。とんがったもカッコいいもダサいもありゃしない。純粋に楽しめる。若いときは、こんな音楽をおじさんになって聴くのはみっともないから、いまのうちに聴いておかなきゃと思っていたが、全然そんなことありません。

俺よ、若かった俺よ。「なんで俺、こんなに音楽に夢中なんだろう、このままじゃまともな大人になれない」と自分を呪っていたが、ここへ来て、すべてが報われております。一九七二年のラジカセからかなり遠くまで来てしまったけれど、旅はつづいているのだなぁと歩きながら何度も思う。

舞台袖

江戸は手強い。が、惚れたら地獄、だ。

杉浦日向子さんがそう書いている。わけあって、「ちくま日本文学」の『岡本綺堂』の巻を読んでいる。『半七捕物帳』を読みたかったのだが、これは父が何度も繰り返し読んでいた愛読書のひとつで、それゆえ、反発して読まずにきた。読まずにきたが、いつか読むだろうと思っていたその「いつか」がきた。「いつか」はなかなか訪れないものなのだが、稀にこうして訪れる。父が遺した本は実家にあるので手もとにない。書店で探してみた。半七だけ読むならどの版で読んでもいい。しかし、文庫本のコーナーで目にとまったこの本の解説がやたらに良かった。「うつくしく、やさしく、おろかなり」と題された杉浦日向子さんの解説である。ここで、解説の解説などしても仕方ないが、この何度でも読み返したくなる名文の中で、そこだけ平仮名が多用された数行を引く。

「つよくも、ゆたかでも、かしこくもなかった頃のわたくしたちの国に、うつくしく、やさしく、おろかな人々が暮らしていた。しんじられないかもしれない。けれどそれはほんとうのこと。そして、きっと、ああ、そうだったのかもしれない。たぶん、そうだったのだ、とわかる。」

これは岡本綺堂を読んだときの杉浦さんの感慨なのだが、綺堂に限らず、江戸の空気や匂いに触れたとき、我々が等しく感じる思いだろう。否、思いであってほしい。否、思いである。

否、これだけでは杉浦さんの真意は伝わらない。このあとにつづく数行を引く。

「うつくしく、たおやかな、四季の風物に包まれて、やさしく、つつましやかな、人が暮らしている。それら平和な景色の中に、『逢魔が時』が潜んでいて、せつなくも、おろかな、人の生き様、死に様を、瞬間、闇の中に浮かび上がらせるのである。」

さらに引く。

「みなつまらない死に方をしている。犬死にだ。それらの、うつくしくやさしくおろかな生死を、綺堂は、すこしも蔑むことなく、あたら美化することなく、毅然とした気品をもって描く。」

もっと引こう。

「なんのために生まれて来たのだろう。そんなことを詮索するほど人間はえらくない。三百年も生きれば、すこしはものが解ってくるのだろうけれど、解らせると都合が悪いのか、天命は、百年を越えぬよう設定されているらしい。なんのためでもいい。とりあえず生まれて来たから、いまの生があり、そのうちの死がある。それだけのことだ。綺堂の江戸を読むと、いつもそう思う。」

それだけのことだ――。まだ引きたい。

「江戸の昔が懐かしい、あの時代は良かった、とは、わたしたちの圧倒的優位を示す、奢った、おざなりの評価だ。そんな目に江戸は映りやしない。」

もう少し。

「近年『江戸ブーム』とやらで、やたら『江戸三百年の知恵に学ぶ』とか『今、江戸のエコロジーが手本』とかいうシンポジウムに担ぎ出される。正直困る。つよく、ゆたかで、かしこい現代人が、封建で未開の江戸に学ぶなんて、ちゃんちゃらおかしい。私に言わせれば、江戸は情夫だ。学んだり手本になるもんじゃない。死なばもろともと惚れる相手なんだ。うつくしく、やさしいだけを見ているのじゃ駄目だ。おろかなりのいとしさを、綺堂本に教わってから、出直して来いと言いたい。」

そして、

「江戸は手強い。が、惚れたら地獄、だ。」

と結ばれる。

＊

いつか書きたい夢想本のひとつに、『舞台袖のくらがり』という本がある。否、まだないのだけれど、こちらの頭ン中にはある。どうにもうまく言えないのだが、子供のときからなぜか舞台袖が好ましい。いや、自分の本番が控えているとなれば憂鬱だが、裏方や黒子に徹しているときの舞台袖くらい自分がおさまるところはない。あの黒いカーテンが垂れさがった狭い空間、すぐそこで華やかなスポットライトを浴びている舞台と演者。拍手が起こり、歓声があがり、何やら非常に晴れがましいことが行われている。自分はそこに含まれながら、そのものではない。

舞台袖そのものではなくても、舞台袖のようなところであれば感慨は同じである。たとえば、夏の夕方に神宮球場のまわりを歩いていると、理屈なしで気分がよくなってくる。

藍色の空に球場から照明があふれ、球場のまわりは基本的に森だから鬱蒼としている。音が聞こえる。球を打つ音と歓声が。それだけでもうなんだかいい。

これが転じて、バック・ステージものやメイキングが何より面白い。映画であれば、作品が直接そうした題材を扱っていなくても、ちょっとした薄暗い廊下のシーンに反応してしまう。もっと言うと、映画館のロビーや廊下がそれに当たる。映画が上映されているときに、薄暗い廊下の湿った空気に浸っていると――そんなこと滅多にないが――ああ、ここは自分の居場所だと思う。

こうした感興がなぜ自分に訪れるのか。自分だけにあるのか。それとも普遍的なものなのか。これまで特に掘り下げたことはなく、いつかじっくり解き明かしてみたいと思っていたが、このあいだ、歌舞伎を観に行ったときに、こんなことがあった。

歌舞伎を観に行ったときに――などと、さりげなく書いてみたが、じつはぼくにとってこれは一大事で、観に行く前からそうなるだろうと予想できたし、極端に言うと、観に行かなくてもそうなっていたと思う。つまり、いずれそうなる運命で、そもそも「木挽町」という町の名を引いてきた時点で決められていたことだった。

で、どうなったかというと、要するに江戸に惚れてしまった。「惚れたら地獄」の江戸にだ。否。地獄だということは、かねてより色々な意味で知っていた。江戸は奥が深い。

深過ぎる。面白過ぎる。魅力的過ぎる。何であれ、過ぎたるものは恐ろしい。その深みが持つ取り返しのつかなさは、音楽や本に夢中になるのと次元が違う。死なばもろともと惚れる相手なんだ――。

さて、ここから先、申し上げたいことがふたつある。

ひとつは、歌舞伎を観に行って「舞台袖」を味わったこと。

もうひとつは、どうして歌舞伎を観に行ったのか。

じつは、初めて観に行ったのである。正確に言うと、むかしむかしに二度ほど観ている。まだ子供だった。少なくともいまのような仕事をしていなかった。関心がなかった。だから、あれは観に行ったことにならない。今回、初めて自ら望んで味わった。

きっかけは『四谷怪談』だった。『東海道四谷怪談』が『仮名手本忠臣蔵』の外伝であることはぼんやり知っていたが、初演時（文政八年）にこのふたつを入れ子にして上演したことを最近まで知らなかった。知らなかったというより、知りたくなかった。歌舞伎はちょっとかじっただけで面白そうな要素が次から次へと出てきて、とりわけ「世界」と呼ばれる核になる作品と、そこから派生して一群の作品が生まれてゆくという過程がきわめて現代的でカッコいい。小説を書いたり読んだりしながら、メタフィクションがどうのこうのなどと言っているのが、ちゃんちゃらおかしくなる。この際、余計なことはかなぐり捨て、全身で歌舞伎を楽しんだ方がよっぽどいい。それは知っていたのだが、その奥の深さに躊躇してきた。何度も踵を返してきた。

ところが、『四谷怪談』と『忠臣蔵』という一見まったく関わりのなさそうな物語——なにしろ前者は夏の怪談で後者にはたしか雪が降っていた——が入れ子になっているとは、どういうことだろう、どんな仕掛けなんだろうと踵を返せなくなった。知りたい。本当に入れ子で——交互に上演したらしい——楽しめるのだろうか。あの二作が？　まるで、『ドグラ・マグラ』と『二十四の瞳』がじつは表裏の関係にあるんですと明かされたくらいの驚きである。そんなわけないでしょう？　かなり無理のあるこじつけなんだろうな——と思いつつ、『四谷怪談』および作者の鶴屋南北に関する本を読みあさったところ、感心して「なるほど」が止まらなくなった。じつに面白い。しばらくは南北だけ読んでいたい。ケルアックの『オン・ザ・ロード』を読んだときにもそう書いたが、ケルアックが大陸の一本道をひたすら進んでゆくのに対し、南北はその名のとおり南と北へ同時に歩き出し、そんな不可能を「面白い」と言わせるものに仕上げてみせる。どちらも魅力的だが、どちらかひとつと言われたら、いまなら南北をとる。

こうして書いている『木挽町月光夜咄』も、明治に生きた曾祖父に向かって歩き出したつもりが、いまのところ正反対の方角に歩いているような気がする。そのうち、気まぐれ

が起きて正しい方角を目指すだろうが、明治を目指すならその向こうには江戸がある。まして
や、曾祖父の鮨屋の暖簾は歌舞伎座の裏ではためいていた。どの道いずれは江戸と歌舞伎が迫ってくる。

――と、ひとり納得していたところ、歌舞伎座が改修工事のためしばらく幕をおろすという。ふうむ。踵を返した途端に歌舞伎の方が遠のいたか。と思いきや、改修中の公演が新橋演舞場で始まり、その演目表に『東海道四谷怪談』とあるではないか。

＊

木挽町うんぬんと書いているのに、初観劇が木挽町ではなく演舞場であるというのも自分らしい。夜の部に組まれた『四谷怪談』だけを観たが、それでも六時に開演して終演は九時四十分。その間、二度ある休憩のうちのひとつは幕の内弁当を平らげるほどの時間が設けられている。が、相方もぼくもめずらしく弁当に頭がまわらなかった。新幹線に乗るときも、チケットなんかより、どこで弁当を買うかで頭がいっぱいになる我々が、芝居への期待でめずらしく失念していた。ついでに言うと、「一緒に観に行きましょう」と声をかけてくれた作家のMさんも失念していた。結果、席を並べた弁当なしの三人は、あなお

そろしやの殺人シーンで一斉に腹が鳴り出した。すかさず舞台からどろどろと太鼓が鳴って、あっと言う間の休憩。ひとしきり「おもしろいねぇ」と言い合ったあと「それにしてもお腹がすいた」。Mさんが「ロビーを見てきます」と偵察に行ったが、収穫は人形焼のみ。それではなんとなく物足りない様子で、しかし、休憩はたっぷりある。よし、それでは、と一人こっそり劇場を抜け出し、こっそりと言っても半券を見せれば出入りは自由である。外ではいまや少数派となった喫煙者がロビーを追い出されて一服していた。煙草のけむりがたちこめる一角を横目に見ながら劇場を離れ、日曜の夜で人影もまばら、目指すコンビニのあかりしか見えない。あたかも舞台から江戸の闇が流れ出してきたようで——と、不意にそのとき、大変心地のいい「舞台袖」感に包まれた。

コンビニと劇場のあいだには百五十メートルほどの距離がある。おにぎりとサンドイッチを仕入れて戻ろうとしたときにも「舞台袖」感があった。目前の、付かず離れずの距離に劇場があり、劇場特有のあかりが漏れ、煙草と夜風を楽しむ観客の影があった。静かで、しかし劇場の中は賑やかで、次の幕があがるのを待ちながら、皆、それぞれにいそいそと幕の内弁当など食べている。時は夜の七時である。

いつかも自分はこの闇に居たような気がする。この舞台袖を思わせる、付かず離れずの妙を知っている。どうしてだろう。

もしかして――。

曾祖父の鮨屋〈音鮨〉は、歌舞伎座の楽屋口の向かいにあったという。確証はない。又聞きで伝えられた証言なのできわめて疑わしいが、「向かい」の解釈を明治の空間感覚に換算してみれば、あるいは、このくらいの距離――百五十メートルほど離れていても、平気で「向かい」と言ったのではないか。否。そうだろう。「すぐ向かい」や「真向かい」とは誰も言っていない。本当の答えは知らないが、たぶんそうだ、と闇の中から誰かが言った。

そうか、そういうことか。自分の中に動かし難くある舞台袖への郷愁と偏執はここに始まっている。「舞台袖」などと比喩的に言ってきたが、どうやら比喩ではない。東京の真ん中のいちばん有名な、舞台といえばここのことだと誰もが目を輝かす木挽町の、歌舞伎座の、その舞台袖の、その延長線上に――その向かいに――〈音鮨〉はあった。そういうことだ。

＊

さて、初観劇がどんなに楽しいものであったかと書いていたらきりがない。簡潔に言うと、原稿が書けなくなった。書きたくなくなった。原稿を書くよりも、歌舞伎や江戸の方に目を凝らして思いを馳せたい。死なばもろともと惚れ抜きたい。「木挽町」が——曾祖父を示すアイコンでしかなかったその三文字が——突然、思いもよらない熱を持ち始めた。それはここから東へ十二キロの距離にある。では、行ってみようか、江戸までも。原稿なんて後まわしでいい。本当は五枚か十枚か十五枚くらい書かなければならないが、今日のところは零枚書けばいい。

そういえば、そんな本を読んだ。KD社の『GZ』から書評の依頼があって、小川洋子さんの新刊『原稿零枚日記』が送られてきた。表題どおり、原稿を「零枚書く」日記形式の小説である。主人公は作家で、長編小説の執筆に行詰まっている。読み始めたら止まらない。しばらくは江戸と心中するつもりだったが、こんなに面白い本が送られてきたら、なに、江戸は逃げないし、十二キロも離れているのだし、まぁ、あわてるなって、『木挽町月光夜咄』の原稿は猫の手にでも書いてもらうとして、いっこうに原稿を書けないまま日記だけを綴ってゆく作家の日々を、笑ったり息を詰めたりして読んだ。

そして、読み終えたら、どういうものか右下の奥歯が疼き始めた。何かと思えば親知らずが頭を覗かせている。行きつけの歯医者で診てもらったところ、

「これは、抜いた方がいいですね」

で、抜くことに。一時間がかりで切って削って抜いて縫った。すると、半日もしないうちに右の頬が腫れ、まともに飯も食えなくなった。いよいよ原稿など書けない。こういうときは大人しく読書である。なるべく浮世離れした、たとえば『半七捕物帳』など。いや、待った。その前に夏休みの宿題を仕上げなくては。

三年前から武蔵野美術大学で非常勤講師をしている。もういちど書くが、講師である。生徒ではない。講師なのに宿題がある。ちなみに生徒に宿題はない。教授から夏休みの前に講師だけに通達があり、生徒には内緒で宿題が命じられる。一年前も二年前も三年前も同じように命じられ、宿題のテーマだけが毎年変わってゆく。テーマに基づき、生徒へ向けたプレゼンテーションを夏休みのあいだに作らなくてはならない。先生の方が宿題をするというこの転倒を面白いと思ってきたが、今年のテーマはじつに難しい。書評の締め切りも迫ってきた。

悶々としているうちに夕方も迫ってくる。今日はナイターがある。では、こうもりの飛び交う〈逢魔が時〉をくぐり抜けて、神宮球場まで歩いてゆこう。歩いておよそ六キロあるが、毎日歩いているうちに筋肉もつき、六キロくらいは何でもない。神宮の森の舞台袖を歩き、宿題と書評と書き出しだけ書いたまままなかなか書けない長編小説（書き下ろし）について考えよう。

南北は、しばし、おあずけである。
やはり、江戸はまだ遠い。

玉手箱

さて、順調に体重は減りつつあり、食事を少なめにし、しかし、一日三食欠かさずいただいている。そして、一日一回一時間ほど歩く。歩くのは二時間になるときもあり、というのは、相変わらずコースも決めずに、その日その日の思いつきで歩いているからである。ちょっと待って、と玄関で相方に呼びとめられる。今日はどちらまで？ と問われ「もし、気が向いたら、〇〇でジャムを買ってきてくださいな」。はいはい、わかりました。それならそういうことで南へ歩いてジャムを買いにゆき、必要とあらば、北の果てまで歩いて大根や油揚げを買ってくる。

体重が減ると明らかに体が軽くなり、まだまだもっと歩きたくなる。そうなると、電車や車に乗るのが鬱陶しくなってくる。どこへでも歩いて行きたい。しかし、それではいちいち時間がかかって仕事に皺寄せがくる。それだけではない。たとえば、親知らずの抜歯も、じつは皺寄せのひとつではないかと思われる。というのも、体重の減少は局地的なものではなく、体全体に均一にゆるゆる減ってゆくので、頬はもちろんのこと、歯茎もまた一緒に減ってゆくと何かの本で読んだ。今回抜いた右下の親知らずはとうの昔に生えており、生えていたけれど表に顔を出していなかった。それが、歯茎が痩せたことで遂に顔を出したらしい。以前、レントゲンでその存在を知らされたとき、

「横向きに生えてますね、こういうのは抜くことになったら大変ですよ」

と脅された。それを抜いたわけである。半日もしないうちに右の頬が腫れ——とそう書いたところ、若い友人であるN君からさっそく電話があった。

「あれもまた連鎖のひとつですよね」

さっぱりした風呂上がりのような顔でそんなことを言う。いや、電話だから顔は見えないのだが、N君というのは、いつ会っても、いま風呂から上がりましたといった風情なのだ。

「そうね」と歯茎まで痩せたことを話そうとしたところ、

「お岩さんの前フリがありましたからね。『四谷怪談』の。あれはたしか右目が腫れます

よね。で、篤弘さんの親知らずも右なんですよね」

「そう――」とぼくは答えながら、またN君の深読みが始まったと内心苦笑していた。彼の趣味は深読みと誤読で、作者の意図や思惑を無視して自在な――でたらめな――読み方をする。しかし、ぼくのようなぼんやりした書き手にはまったく有難い読者で、彼の指摘で初めて「そういうことだったのか」と自分の書いたものを読み直して膝を打ったりしている。

＊

ところで、南へ歩いて買ってきたジャムのふたが、どうしてもあかない。いや、ふたがあかないのではなく、ぼくの握力と腕力が体重と共に減少したからに違いない。痩せたっていいことばかりではない。相方は子供のように小さな手をしているので、ペットボトルのふたですらまともにあけられない。じゃあ、どうするのだ。これは以前に自分の小説に書いた。一人暮らしの女の子がジャムのふたをあけられず奮闘する。小説では都合がいいことに近所に住む男の子の手を借りるのだが、近所に都合のいい男の子がいなかったら（いるわけないよ）一体どうするのだ。

これはまた別の本で書いたのだが、ワインのコルク栓がうまく抜けなかったとき（大抵、うまく抜けません）、コルク・レスキュー隊というのが助けに来てくれるのである。もちろん架空の仕事で、そんなレスキュー隊があるはずもない。が、あたかもあるかのように写真入りで紹介し、「わたしがそのレスキュー隊です」と演じてくれたのが片岡まみこさんだった。彼女はぼくが通った赤堤小学校の同窓で家も近所だが、男の子ではないし、ジャムの絵を描いていただくならともかく、ふたを開けていただくのは架空の世界の話である。でも、そんなレスキュー隊があったらいかにも便利ではないか。要は力を貸してくれるわけで、力を貸してくれる商売の代表的なものは運送関係だけど、ふたを開ける程度の（しかし本人にとっては重大事である）ちょっとした力を貸してくれる商売があってもいいではないか。これからの高齢化社会には絶対不可欠である。「そんなことは自分でやれい」という声もあるだろうが、そもそも、我々の住むこの都は「そんなことは自分でやれい」にいちいち御節介《おせっかい》をやくことで成り立っている。引越しは手伝うけれど、ジャムのふたは「自分でやれい」とはいかがなものか。

＊

そういえば、我が国には「痩せ我慢」という言葉があった。
代表的な使用例は、「江戸っ子の痩せ我慢」。

＊

あかねぇや、と食卓にジャムの壜をふてくされて放り出し、食卓にまで積んである歌舞伎の本をつらつら読み始めた。読みながら、しまったなぁと思う。これぱかりは敬して遠ざけていたのに。「惚れたら地獄」と杉浦日向子さんが言うとおり、歌舞伎および江戸の方に近づくことを自分に禁じていた。それが、いまや食卓にまで歌舞伎と江戸が押し寄せている。朝から晩まで相方と「忠臣蔵が成駒屋が黙阿弥が絵島生島が黒御簾が助六が」とキリがない。

「近づかないようにしてたんだけど」と食卓ごしに妻に言うと、

「でも、木挽町まで歩いてゆこうと書いたのは自分でしょう?」と諭される。深読みのN君には「木挽町のことを書くのは、明治の向こうにある江戸まで行ってみようってことですよね」と決めつけられた。そうではない。これこそ意図ではなく連鎖で、驚いているのは誰より自分であり、「木挽町」と表題にあるけれど歌舞伎のことは書くつもりがなかった。というか、ほとんど観たこともないし、しかし、木挽町といえば、いの一番に歌舞伎と結びつくわけで、表題としては、いささか偽りアリではあるまいかと気になっていた。でも、まぁいい、ぼくにとって木挽町はあくまで歌舞伎に関係なく、自分のルーツの――。

「と思ってたのに、あけないはずだったパンドラの匣をうっかりあけてしまった」

「パンドラ?」と妻が『歌舞伎手帖』の頁をめくりながら「それを言うなら玉手箱でしょう?」と問い質す。何を話していても、話が歌舞伎の側へにじり寄ってゆく。

「浦島太郎って、もし玉手箱をあけなかったらどうなったんだろう。ていうか、あけるなって言われたわけでしょう?」と妻。

「歌舞伎にそんな演目があるわけ?」

「どうでしょう。歌舞伎って何でもアリみたいだけど――」

「それ、いいね。歌舞伎にないなら俺が書こう。『あけなかった玉手箱』。浦島太郎がね、言われたとおりあけないんだよ、そうすると、話が終わらなくてその先どうなるかね」

「歌舞伎もたいてい話が終わらないみたいだけど」

そうなのである。起承転結の起承転までいったところで、さらりと終わってしまう。場合によっては、起承だけで終わってしまうものもある。いや、それでいいじゃねぇか、と江戸っ子としては思う。だいたい、結なんてものはロクなもんじゃない。大げさで都合がよくて、でなけりゃあ、思いきり悲惨である。

そりゃそうだろう、なんだかんだ言ってもお話なんてものは、あらかた人と人のことを語っているわけで、人は結局のところ一人で孤独なわけで、起承転——と転んで色々あっても行き着くのは「無」の他ない。それは言わないことにしようや、と落語では結に当たるところで冗談のようなオチが唐突にあらわれる。江戸っ子は臆病で寂しがりで面倒くさがりだから、結なんてものは見たくないし、結なんてものを見せつけられて終わっちまうのが恐いンである。だから、何の根拠も自信もないのに、まだ終わらねぇぞと痩せ我慢をして、もっとひどいことになってゆく。

あれ、だから終わりにした方がいいって話か。なるほど。

いや、違うな。そうじゃない。どうもそうじゃない。小説を書いているときにいつも思う。終わりなんてものは来ない。この話に終わりはない。だけど、終わらなくてはならない。嫌だ。終わりたくない。本当の話、終わりなんてないことは知っているのだ。作者として。だけど、どういうわけか慣例に従って終わらせてしまう。それでいいのか。おい、それでいいのかよ。もっと考えろ。慣例に従うな。登場人物には「慣例に従うな、もっと道を外れろ」と言わせているのに、書いている自分は高みの見物でいいのか。よくないだろう。いいわけがない。いつか返ってくる。痛い目にあう。しっぺ返しがくる。とんでもないメタボリックを抱えて身動きできなくなる。それで潔く膝をついて立ち上がれないまま溜め息をつく自分を受け入れるならいいが、江戸っ子としての決意が足りない自分は、そこでまた悪あがきをして恥をさらすに違いない。

だから、このことは――物語をどのようにしめくくって手を放すかは、書きながらでもいいから常に考え、なんとか新しい策を手に入れたいと願ってきた。だけど、歌舞伎の演目のあらすじを読んだり、江戸っ子をめぐるあれこれを読んでいると、考え過ぎなんだよお前さんは、という声が聞こえてくる。

いいじゃねぇか、終わりなんてなくても。終わらなければ、最後に（つづく）とでも書いて筆を擱《お》け。いったい（つづく）のない話なんてものがあるのか。この世の終わり、宇宙の終わりにだって（つづく）があるんじゃねぇのか。たとえ、お前さんがつづきを書かなくたって、お前さんが死んだあとに他の誰かが（つづく）を辿るってこともあるだろう。現にお前さんだって、会ったこともねぇひいじいさんの鮨屋の話のつづきを書こうってんじゃないのか。

ああ、そういえば、自分が書いて最初に世に出た本は『フィンガーボウルの話のつづき』というタイトルで、ハナっから「つづき」で始まっていた。「話の終わり」ではない。そうだった。「それでさ」と話のつづきを――、「そのあとさ」と話のつづきを――、「それからは」と話のつづきを――、そんなものばかり書いてきた。

そして、さらにつづけよう、いや、つづけたいと企んでいて、結局、小説の話をしていると人生の話にもなり、「もういいじゃないか」なんてことを一方で言いながら、どうしたらこの先の「つづき」を面白い小説のように生きていけるかと、要はそういうことだ。江戸っ子の真髄は諦念――あきらめだと知っている。でも、駄目ですね、全然、あきらめられない。ちっとは格好をつけて悟りきったようなことをつぶやいても、最後の最後に小さな声で（つづく）と言わずにおれない。たぶん墓碑銘も（つづく）だろう。というか、墓ってそういうことではないのかとふと思う。つづかなくてそこで「無」になったのなら、墓なんて建てなくていい。いかんせん、そう易々とは「無」になんぞ至れず、死んだ方も生きている方も（つづき）を想い、その証しに墓を建て、肉体的には終わったにもかかわらず（つづき）を示す。

そういえば、墓参りをしていない。我が祖先・吉田音吉のことを書こうとしているのだから、ひとこと御挨拶にいかなくては、と頭をかすめたきり忘れていた。とんでもねぇ野郎である。『とんでもねぇ野郎』は杉浦日向子さんの描いた漫画のタイトルだが、これまた食卓の上に常備してあり、食後に一篇ずつ惜しみながら読んでいる。ダイエット中の甘味の代わりというわけではないが、起承転――云々も、『とんでもねぇ野郎』に教えてもらったことだ。

ついでに、食後の甘味代わりになるのは『4時のオヤツ』というこれは漫画ではなく掌編小説集で、新刊として書店に並んだときから長く愛読してきた。本物のいい本で、体重減少を目指す者には目の毒だが、3時ではなく4時のオヤツと銘打ったところにこの本の内容が要約されている。『とんでもねえ野郎』と同じくもちろん「結」なんてない。「結」のない掌編の連続が人生である。読むたびに、これでいいじゃねぇか、と思う。こうして杉浦さんだって（つづく）を生きている。本＝墓とするのは短絡的だが、頁を開けば杉浦さんの声が聞こえてくるし、もしかすると、いや、おそらくはきっと杉浦さんも「終わり」なんてものに関心がなく、いつまでも（つづく）ことの安心と哀切を知っていたから、その作品がいまもつづいているのだろう。

＊

さて、話はさらに逸れるが、友人に浦島という姓の男がいて、かつて、ギター少年であったときの相棒であり、彼はドラムを叩く。中学から高校にかけて、そのあとの数年も一緒にバンドを組み、たまたま二人とも美術大学を目指していたので、同じ予備校に通う仲でもあった。彼は自分の姓に大変自覚的で（それはそうだろう）、浦島太郎の伝説にも興味を示し、それがぼくにも伝染して、伝説を読み解いた本を何冊か読んだ。中でも『浦島太郎の文学史／三浦佑之』を面白く読み、いつも本棚の手に取りやすいところに並べていた。

じつを言うと、歌舞伎を観に行きませんかと誘ってくれたのは、その三浦佑之さんの娘さんなのだが、この本が上梓された初読のとき——それは平成元年で、ぼくはまだ結婚もしていなかったし、いまのような仕事もしていなかった——には、後年、著者にお会いできる日がくるとは思っていなかった。ましてや、その娘さんとバンドを組むほど（いえ、バンドなんて組んでませんが。比喩です）親しくなるとは思ってもみなかった。

ぼくはこの本を六本木の青山ブックセンター（以下ＡＢＣ）の新刊の平台で見つけた。そして、それからじつに十三年を経た二〇〇二年に、やはりＡＢＣの新刊平台に、『しをんのしおり／三浦しをん』という本を見つけた。立ち読みするなり「！」となり、迷わず購入したが、不勉強にもぼくは彼女がそのときすでに小説を書いていることを知らず、大変おもしろいエッセイを書く天才があらわれたと相方に買ってきた本を見せた。どれどれと妻はぼくの手から本を奪いとると、笑いながら夢中になって読み、そのときも食卓を挟んで「面白いねぇこの人」と言い合った。エッセイストと思い込んでいたのに、ぼくは彼女の名前の横になぜか「直木賞」という文字が浮かんで見え、相方に「この人はきっと直木賞をとるよ」と言ったのをよく覚えている。ときどきそうした予言めいたものがよぎるが、これは見事に的中して、相方が証言者となった。

そのときはまさか『浦島太郎の文学史』の著者の娘さん（以下略して、浦島太郎の娘）とは露知らず、さらに驚いたのは、SC社で『フィンガーボウルの話のつづき』を編集してくれたTさんこそ、『しをんのしおり』の担当編集者だった。最近何か面白い本読みましたかとTさんと雑談していて、ぼくが真っ先に『しをんのしおり』を挙げると「あ、それ、僕がつくった本です」と嬉しそうな顔でおっしゃる。なあんだ、ということで、さっそくお会いすることになり、お会いしてみれば、最初から「久しぶりに会ったバンド仲間」のような印象だった。

その浦島太郎の娘が「行きませんか」と声をかけてくれたのである。行けば、あけてはならない玉手箱を開くことになると分かっていたし、あけたら最後、地獄へ引き込まれるのも重々承知していた。でも、いつかはあけてしまうだろうと予感していたわけで、その道案内が浦島太郎の娘なのだから、これを逃す手はない。

「あ、あいた」

食卓の向こうで相方がジャムのふたをあけてニンマリした。

十二時三十四分

ふと、時計を見ると十二時三十四分である。

デジタル表示の時計であれば、１２３４ときれいに数字が並んでいて、どういうわけか、これをしょっちゅう見る。深夜なら○時三十四分と表示されるが、頭の中で○は自動的に十二に置き換えられ、「あ、まただ」と声が出る。十二時三十四分は一日に二回しかないのに、多いときは一週間に七回も八回も見る。

それで、どうということもない。ただ、いつからか、誰かに呼ばれたような気がしてなんとなく時計を見ると１２３４なのである。確率としては圧倒的に深夜の方が多く、つまりはその頃合になると時刻が気になるのだろうか。

俗に、ぞろ目の数字を見る人は勘がよく、見たときは頭が冴えている証拠と言われるが、はたして本当だろうか。いずれにしても、ぞろ目ではないわけだし、特に頭が冴えているとも思えない。ただ、時計を見るたび——大体、時計なんてそんなに見ないのだが——1234と表示されているのはどことなく愉快である。気味がいい。

しかし、これはいったい何か。

たとえば、二十三時四十五分＝2345は一度も見たことがない。一時二十三分の123も見たことがない。

となってくると、週に八回も見てしまう1234には何かしら神秘的な意味があるのではないか——。印象としては、その時刻になると自分の中の何かがリセットされ、ちょうどバラバラになったものを角を出して揃えるみたいに、深夜の十二時三十四分になると、ずれていたものがピッと整えられる。そんな感じである。

それはどことなく、深夜にこつこつと日記を書く行為に似ている。毎日、深夜十二時三十四分に日記を書く。おりしも、小川洋子さんの『原稿零枚日記』を読んだばかり。いい表題である。日記にはそうした名前があった方がいい。

たとえば、このあいだ買った本に『桟雲峡雨日記』という本がある。著者は竹添井井といって、この「井井」が目にとまり、というのも、いま書いている小説に「伊井」という

——こちらは名字だが——こう書いて「いい」と読ませる男を登場させたばかりだったからだ。

が、扉頁に振られたルビを確認すると、読みは「いい」ではなく「せいせい」とある。なるほど。ちなみに『桟雲峡雨日記』は「さんうんきょううにっき」と読む。まるで早口言葉だ。この「雨日記・うにっき」の響きがいい。買ったばかりでまだ読んでいないし、せいせい氏は幕末から明治にかけて生きた人で、その真意は知らないが、たぶん（まったくの憶測）毎日毎日、雨ばかり降っている日記なのだろう。J・J氏＝植草甚一氏の『雨降りだからミステリーでも勉強しよう』が連想される。思えば、植草さんこそ本物の江戸っ子だった。『いつも夢中になったり飽きてしまったり』という本もあるが、その表題などまさしく、「江戸っ子で何かを成し遂げた人はいない」という氏の言葉と響き合う。「雨降りだからミステリーでも」の「でも」にその心持ちが窺える。

——というわけで、木挽町にも雨は降るだろうから、「雨日記」の響きをそのままいただき、ノートの表紙に——植草さんがよくそうしていたように——手書きでタイトルを書き入れた。

題して、

〈木挽町十二時三十四分雨日記〉

こびきちょうじゅうにじさんじゅうよんぷんうにっき。

＊

さて、曾祖父・吉田音吉がこの木挽町に居を構えたのは明治の初めのことであった。どうやら、維新を迎えて大阪から上京してきたらしい。つまり、せいせい氏と同じで音吉も幕末の生まれで、いまさらながら気づいたが、音吉も江戸の人なのだった。が、なんと江戸っ子ではない。これにまず驚いた。と同時に、関西へ行くたびに感じる強い郷愁の念にこれで合点がいった。

ルーツは銀座の木挽町——というのは偽りではないけれど、それはあくまで明治時代まで遡った話で、そこからさらに遡ると舞台は上方へ移る。現時点では正確な記録がないので詳細は不明だが、音吉はおそらく大阪の生まれで、いや、あるいは神戸ではなかったかと思う。

神戸の話になると、それで本が一冊書ける。いつか必ず書こうと思っている。いま、どこへ行きたいかと訊かれたら、答えは常に「神戸」である。こうして音吉の来歴を知る前から、神戸は自分のもうひとつの故郷だと勝手に決めていた。

が、どうして神戸なのか自分にもわからなかった。どうして、なんてことは後まわしで、とにかく最初に行ったときから無性に懐かしく、隅から隅まで居心地がよく、東京にいるときなんかより遥かに自分が活き活きとしていた。とはいえ、神戸がどことなく懐かしくて居心地のいい街なのは、ぼくに限らず多くの人が感じるところだろう。それに、旅に出ているのだから、活き活きとして興奮するのは当然である。

ただ、あまりに居心地がいいので、一時期、毎週のように東京から神戸まで通っていた。それはやはり尋常ではない。転居を考えたこともあるし、いまでもときどき「あるいは」と思う。その挙句、結婚式も神戸で挙げた。相方も三代つづいた江戸っ子であるから関西に縁があるわけではない。にもかかわらず、二人ともそうするのが当然だと考えた。なぜ、とは思わなかった。そのころはまだルーツになど思いが至らず、前世が神戸っ子であったに違いないと信じ、いや、そう思いたくなるくらい、いつ行っても神戸には特別な既視感が充ちていた。

だから、音吉が関西から上京してきたと知ったとき、それはそうでしょう、とまったくもって気持ちよく腑に落ちた。祖父に聞かされた話を覚えていた記憶力のいい伯父が、「たしか大阪」と教えてくれたのだが、いや、それはきっと神戸でしょう、でなければ、生まれは大阪でも育ちは神戸ですよ、と証拠もないのに言い張った。なぜか十二時三十四分を見てしまうのと同じで、これはもう自分の思惑を越えて刻まれた、いわゆる血が騒ぐというやつである。

この話になると、ところで神戸のどこへ行くんです？　と必ず訊かれる。どこへ行くわけでもなく、東京で過ごすのと同じで、本屋と古本屋と中古レコード屋と食堂と喫茶店を巡回するだけである。異人館も行かないし、海も見なければ夜景も見ない。東京にも本屋はあるじゃないかと人は言うが、神戸にはいい本屋さんがたくさんあるし、はじめて三宮のジュンク堂に行ったときは、東京の書店とずいぶん違うものだなぁと半日くらい書棚を眺めるだけで楽しかった。少なくとも、ぼくが頻繁に通っていた震災前の神戸では、ところ変われば書棚も変わって見えた。

そのジュンク堂がついこのあいだ東京の丸善とひとつの大きな書店を開いた。その場所が渋谷の東急本店なのだから、ぼくにとっては他人事ではない。こうして詳らかにすれば、ぼくは言ってみれば関西からやってきた江戸っ子の末裔で、西と東のふたつの血がぼくの中で右利きと左利きがせめぎ合うように騒いでいる。

この「関西からやってきた江戸っ子」というフレーズは、音吉を考えるときの鍵になる。なにしろ、いろいろと謎は多いのだが、件の伯父さんから聞いた話の中で真っ先に引っ掛かったのは、関西から上京してきた男が、なぜ木挽町の、しかも「歌舞伎座の楽屋口の向かい」なんかに江戸前鮨の店を開店できたのか――である。上京後、ほどなくして曾祖母のカツと結婚しており、たとえば、カツが鮨屋の娘で、そこへ婿養子にはいったのなら話は通る。が、そうではないらしいことは、屋号が自分の名前を冠した〈音鮨〉であったことから察しがつく。

幕末の関西にも江戸前の握り鮨があり、音吉にはすでにひととおりの心得があったのか。それとも、見様見まねで江戸っ子ぶって押し通してしまったのか。

なんとなく、後者であるような気がしてならない。関西における鮨の歴史はこれから勉強するとして、図書館の閉まった深夜の十二時三十四分には、歴史を辿るより自分の胸に手を当てて考えた方が早い。その、でっちあげと「なりすまし」に、自分もよくよく思い当たる。ぼくを昔から知っている人は、ぼくのルーツに一軒の鮨屋があると聞いて、「あれ？　篤弘さん、鮨、嫌いだよね」と突っ込んでくる。

そのとおり。いまはもう好んで食べるようになっているが、ひとむかし前まではまったく手をつけなかった。酢飯がイヤで、生魚がイヤで、父もそうだったからこれは血筋じゃないかと言いたいところだが、先祖が鮨屋であったとなるとどうも分が悪い。ところが、よくよく聞いてみると、音吉も酢飯が嫌いだったという。

変な男だ。

店にいるときも河岸に行くときも、いつも雪駄を履き、鮨の値段が幾分か高く、客が「高い」と文句を言うと、「安いとこはそこらにいくらもあるから、そっちへ行ってくんな」と素っ気なく突っぱねたという。無口で愛想がよくなかった。それでたびたび喧嘩になった。まったくもって「とんでもねぇ野郎」だ。しかし何がよかったのか、それなりに人気はあったらしく、銀座通りに小さな出店まで持つようになった。

いくつかの証言によると、音吉は歌舞伎役者のようなイイ男で、おそらくは、江戸っ子になりすますために関西訛りを聞かれないよう滅多に口をきかなかったんじゃないか――胸に当てた手がそう推理する。この「無口でイイ男」が商売繁盛に効いたかもしれない。

もうひとつ。

「歌舞伎役者のような」と聞いて思うのは、「お前さん、そっちの方へ行った方がよくないかい」と冗談めかして言われるうち、ちょいと本人もその気になったのではないか。関西から来たおかしな男が、いきなり歌舞伎座のそばに店を開いてしまったのは、その気になったり、「いや、やっぱり」とためらったりしてるうち、いつのまにか楽屋口に居座り、いつのまにか鮨屋の屋台でも始めてしまったのではないか。いや、もっと単純に芝居好きが高じて、少しでも劇場の近くに店を構えたかったのではないか。もっと言うと、仕事なんてそっちのけで、しばしば鮨屋を放り出して芝居見物にふけったのではないか。

全部、当たっているような気がする。「御明察」と音吉の声が聞こえてくる。というのは、芝居見物であったかどうかの証言はないが、ときどき店からいなくなり、「今日はやんねぇよ」と店を閉めてしまうこともめずらしくなかったという。「いいネタがはいらなかったんでね」とか何とか言ったことになっているが、どうせ女か博打か、でなければ、目と鼻の先の歌舞伎座にしけこんだに違いない。その姿を想像しただけで、この深夜にこちらの血が騒ぎ出すのが何よりの証拠だ。とんでもねぇひいじいさんだが、わかる、わかるよ音吉さんと、逃避癖のある者としては、逃げろ逃げろ、と声をかけたくなる。

――とまぁそんなことを、ついこのあいだ母と話していて、音吉の男前が看板のひとつだったんじゃないかと推理を披露したところ、違うわよ、とあっさり否定されてしまった。あのね、カツさんっていう奥さんがとってもいい人で、本当に優しい仏様のような人だったって。一緒に鮨屋をやっていたようだから、看板だったのはカツさんの方でしょう。

こういうオチは、たいてい正しいので、それがたぶん真実だろう。

「あんたねぇ」――と母は昔からぼくを「あんた」と呼んでいる――「あんた、自分の駄目なところを全部、音吉さんのせいにするのは卑怯ですよ」

御明察。

というか、母の鋭さにはいつも敵わない。こっちは「男前」の話を強調しているのに、

「しけこんだ」方の話を見逃さず、「あんたねぇ」とつついてくる。

この母はぼくが学校をサボっていたのを、どの程度知っていたのだろう。まともに学校に通ったのは小学校だけで、中学はまあまあ、しかし、高校はかなりサボったし、予備校もデザインの学校も出席をとったら五分で教室を脱け出していた。四十八年にわたるぼくのこれまでのところを「上・中・下」の三巻本にするなら、中巻は全編が逃走劇に終始する。学校だけではない。デザイナーの仕事に就いてからもじつによくサボった。とにかくそこに「囲い」があったら、脱け出すことでしか自分を保てなかった。

脱け出した先では、お金を稼ぐか、お金を使うかで、学生のときは本屋でアルバイトをして、そのすべてを神保町の古本屋街で使い果たした。右を向いても左を向いても本だった。そして、そのころアルバイトをした本屋のひとつが渋谷東急の本店にあって、書店というより「書籍コーナー」と呼んだ方が正しいほんの一角だった。レジも打ったが、毎日大量に届く新入荷を選り分け、積み上がる前に返品の荷づくりをするのが主な仕事だった。

その同じ場所にオープンしたジュンク堂と丸善のハイブリッド書店に行ってきた。あまりに広いため、限られた時間内にすべての棚に目を通すことは不可能である。しかしそうなってくると、興味のある棚だけを目指すことになり、いま自分の関心事がどこに集中しているのかよくわかる。

「江戸」と「歌舞伎」と「古典文学」のコーナーをじっくり見て、特に古典文学の棚に並んでいた山東京傳の全集を立ち読みしたところ、あまりに面白く、とうとう床にそのまま尻を着いて読みふけってしまった。が、いつまでもそうしていられないので、高額だけど「えい、買っちまえ」とまずは一冊捕獲し、それからひさしぶりに平凡社の東洋文庫の棚を眺めていたら、以前は興味が湧かなかった本に妙に心が騒いでしょうがない。『近世菓子製法書集成』なんて本が欲しくなり、その横に並んでいた『桟雲峡雨日記』の「井井」と「雨日記」が気になった。

原稿を書くのをサボってふらりと出向いたのだが、結局いつも、サボったその先で次の手がかりや言葉が見つかってゆく。

透明人間

大学が始まって、ここのところ週に二度ばかり通っている。今年でかれこれ四年になるが、秋から冬にかけての数ヵ月だけ美術大学の先生になりすましてきた。どこからどう見ても先生なんて柄ではないし、なにしろ、尊敬するK教授のもとで講師を勤めているので、正直言うと先生をサボって生徒として教わりたいくらいである。事実、一年限りで辞退するつもりだったところを四年もつづけてきたのは、K教授のカリキュラムがとてもユニークで面白かったからで、この先生の後をついてゆけば、生徒の気分で講師ができるのである。

まずなにしろ、夏休みが始まる前に教授から講師に宿題が出る。講師（正確には教授も含む）はぼくと相方を一人と勘定すれば八人が控えていて、八人の講師に「今年のテーマ」が書留郵便でこっそり送られてくる。その時点では生徒はテーマを知らない。秋から冬にかけて「共同制作」の実習があるとだけ告知され、生徒たちは数人から数十人の八つのグループに分かれ、ひとつのテーマのもとに競作をする——そこまでは知っている。が、肝心のテーマは講師しか知らない。夏休みのあいだにテーマを軸にした実習方針を八人の講師それぞれが起こし、マニフェストめいたプレゼンテーションをA4のミニポスターにまとめて夏休み明けの掲示板に貼り出す。このとき、同時にテーマも発表され、生徒たちは八つのプレゼンを見くらべ、あ、わたしは、俺は、この先生に教わりたい、と生徒が先生を選択するのである。選択はあくまでも尊重され、八つのチームの人数を揃えるようなこともなく、したがって、五人のチームもあれば、四十人のチームができることもある。

八つのチームの表現の場は大学の地下ホールを八分割した空間と決められている。その空間で表現するなら、どのような方法を用いてもよい。展示はもちろん、寸劇を演じてもいいし、店を開いてもいいし歌を歌ってもいい。即席の映画小屋を建てて、自前の映像作品を上映しても構わない。ただし、あらかじめ限られた予算がチームの会計係に預けられ、基本的に製作費がその額を超えてはならない。生徒たちは自主的に企画会議を重ねてアイディアを持ち寄り、設計図をもとに「何ごとか」を起ち上げて期日までに完成させる。お披露目会も用意され、学内のみならず一般の観客を招待して公開する。それらの過程をすべて生徒たちの手で行い、まぁ、言ってみれば要するに先生は何もしなくていいわけである。

せいぜい夏休みの宿題をこなし、最初に生徒を教室に集めて先生ぶった演説をひとくさりしたら、さっさと教壇をおりて、あとは生徒たちと机を並べて話し合う。何をつくるか、何ができてゆくのかを一緒に発見してゆく。

ぼくは学生として大学に通った経験がない。いまこうして通っている武蔵野美術大学は、何を隠そう、ぼくが三十年前に通いたかった大学である。この大学に行きたくて予備校でデッサンなど描き、雪の降るすこぶる寒い日に受験をして見事に落ちた。あのときの雪の冷たさが真夏の炎天下でも甦る。人生最初の大きな挫折だった。

いまのところ、さしたる悔いもない人生というか、悔いある記憶は都合よく消し去ってしまったのだが、ムサ美に行けなかった敗北だけはいつまでも胸に冷たく突き刺さっていた。

たとえば、SC社のSC社装幀室のM月さんは、ぼくと相方が最も敬愛するデザイナーの一人だが、もし、受験に通っていれば、ぼくはM月さんと同級生になっていたはずである。そうであったらどんなに良かったろう——と書こうとしたが、考えてみると、彼女の才能が隣で輝いていたら、ぼくの出る幕などまったくなかった。いま、仕事で顔を合わせて一緒に本をつくっている方がよっぽど楽しい――と負け惜しみをつぶやいていたところへ、思いがけずK教授から「大学へ来てください」と声をかけていただいたのである。

＊

受験に落ちたぼくは浪人の道を選ばず、専門学校に通って、いち早く仕事に就いてしまおうと呑気に考えていた。それにそのときはまだギター小僧で、バンドもつづいていたし、バンドはメンバー全員が作曲をして編曲もして、ぼく以外は皆演奏能力に長けていたから、このままプロのミュージシャンになるのもいいなぁと、これまた呑気に考えていた。

中学のときから六年間一緒にバンドをつづけてきたドラムの浦島とは同じ予備校に通って同じアトリエでデッサンを描いていた。決してその予備校のせいではないと思うが、彼もまたムサ美の受験に落ち、彼は彼なりの呑気さというか根気よさで浪人の道を選んだ。そして彼は翌年、めでたく門をくぐり、晴れてムサ美に通い始めた。心底うらやましかった。彼は大学一年生になり、こちらは専門学校の二年生になるはずだった。が、挫折を引きずって学校をサボりまくった報いで、出席日数が足らずに留年となった――というのは嘘である。いや、留年は本当だが、挫折を引きずったからではない。学校が御茶ノ水にあり、つまりは「坂をおりたところに神保町の古本屋街があったから」が正しい。学校に通うふりをして、毎日、神保町に通っていた。これは留年をして一年生をやりなおし、そのあと二年生、三年生と合計四年間にわたってつづけられた長い長い逃避だった。いま思うと、その後の自分を決定づける楽しい古本大学への通学でもあった。ムサ美に通えなかったことは悔やまれるが、その一方で神保町の古本屋街に通ったことは自分の一番の財産である。ムサ美に通っていたら、たぶんいまのような本を書いたりつくったりする仕事をしていなかった。

そもそも、ものごころついたときには本が好きで、二歳かそこいらの最初の記憶が「本屋の立ち読み」という筋金入りの本好きだった。が、音楽にのめりこんでからは、しばらく本から離れていた。ところで、御茶ノ水は楽器の街として有名である。だから、学校をサボってしけこむのは楽器屋のはしごが順当なのに、ギター小僧が楽器屋を素通りして古本屋にしけこんでいたのは、それなりの理由があった。そして、その理由にはそれなりのきっかけがあった。

唐十郎ひきいる状況劇場の芝居を観てしまったのだ。このきっかけにもまたきっかけがあり、それまで芝居になどまったく興味がなかったのに、予備校のときの女ともだちから、わたしのいちばん仲のいい美人の友達を紹介したいから一緒に芝居を観に行かないか、と誘われたのだった。その美人の彼女は女優を目指しているという。

唐十郎も知らなければ、テント芝居がいかなるものかも知らなかったが、それでも観に行ったのは、もちろん「美人」のふた文字に魅かれたからに他ならない。

たしかにそのひとは間違いなく美人で、数年後には女優となって彼女の舞台も観に行くようになるのだが、なにしろそのときはまともに芝居を観ること自体が初めてで、しかも、夕方の風が気持ちいい町なかの空き地に、真っ赤なテントを建てて劇場に仕立てているのがどこか懐かしくも新鮮な驚きだった。時は一九八一年の五月。演目は唐十郎作『お化け煙突物語』。

もしあの日、「美人」の響きにつられてあの芝居を観なかったら、いまの自分はどうなっていただろう。受験に失敗したことも大きな出来事だったが、その数ヵ月後に出会った「お化け煙突」こそ、運命の分かれ道に建っていた大きな道しるべだった。

観終わって呆然となり、大変な衝撃で、大変な心地よさで、大変に胸が躍り、しかし切なくもあり、そのうえ難解で、何を観たのか反芻できないのに、決定的な、長らく自分の中に眠っていたものを呼び覚まされたような、言葉では言えない、泣きたいような、嬉しいような、居ても立ってもいられないような感情が湧き起こって、じつは「美人」がどんなふうに美人であったか覚えていないし、その夜、どんなふうに家まで帰ったか記憶がなく、あまりのショックに頭の中がからっぽになってしまったのだった。

それから次の週にひとりでまた観に行って、その二日後には浦島を誘って観に行き、浦島も衝撃を受けたようだったが、彼は芝居そのものより、ぼくの心酔ぶりを見て「あ、こいつ、もう戻ってこないな」と思ったという。「戻ってこない」とはつまり、バンドを辞めて違う方面に行ってしまうだろうと感じたらしい。

そして、それはそのとおりになった。ぼくはバンドどころか三度の飯より好きだった「音楽」に関わるすべてを自分から引き剝がすことにした。部屋の中を埋めていたレコードや楽器をすべて処分し、生まれ変わらんとばかりに、本棚に並んでいた本も根こそぎ売り払った。自分の四畳半の部屋を――頭の中と同じく――完全にすっからかんにして、近所の古本屋の棚に見つけた『唐十郎全作品集』だけを手もとに置いて読みふけった。雨戸を閉めてからっぽの部屋に引きこもり、一ヵ月をかけて六巻を順に読んだ。

それはまたとないような読書の時間だった。が、いくつかの難解なセリフや作品の背景を読み解くためには、さらにさまざまな本を読まなくてはならず、というより、音楽に夢中だった時間からの反動で、猛烈な読書欲に駆られていたのだった。

そうして一ヵ月にわたる引きこもり読書の闇から脱け出すと、とりあえず学校に行って出席だけとり、五分後には教室から逃げ出して御茶ノ水の坂をおりていた。学校に席はあったが、ぼくはそこにいつもいなかった。そのままま っすぐ神保町の古書街を目指し、まっすぐといっても、正々堂々、明大通りをおりてゆくのではなく、脱走者らしく、ややうつむき加減に山の上ホテルの裏の坂を錦華公園の方にうねりおりるのが常だった。路地に建ちならんだ安カレー屋と安天丼屋と安とんかつ屋を横目に見て、裏門から古書街に分け入る心地で靖国通りに出た。

出欠の点呼が九時ちょうどで、ぐずぐずうねりおりてゆくのに十分ほどかかったし、途中で缶コーヒーを買って立ち飲みしたりするから、小宮山書店のあたりに着くのは九時半に近い。いまはどうか知らないが、四半世紀前のそのころは、小宮山書店の裏手にある明文堂書店の均一本の棚が古書街でいちばん最初に開かれる「店先」だった。この棚は店の横手の路地に面した小さな青空市場で、他の店は十時を過ぎないと中に入れないから、古書街の朝いちばんの「店先」にはそうした事情を知っている強者たちが早朝のカラスのように群がっていた。文庫を中心にした格安本がつぎつぎ補充され、そこにはまさに朝市の空気があった。

その日最初の店で買った本がそのあとの買いものを導いてくれる——というようなことを植草甚一氏がどこかに書いていたのを思い出し、教えにしたがって、とにかく五十円くらいの文庫をいつもその棚からまじない用に拾いあげた。たいていカバーのない裸本であり、あるいは、すでに持っているお馴染の本だったりしたが、まじない用だから何でもいい。新品同様の中公文庫『悪魔のいる文学史／澁澤龍彥』を百円で見つけたときは、それがもう三冊目だったが、「幸先がいいぞ」とニタニタ満足した。

とにかく、そこでそうして遊び半分の時間をやり過ごし、十時を待って靖国通りへ戻る。あとは『悪魔のいる文学史』に身を任せ、おもむくまま日が暮れるまで店々を渡り歩いた。

この『悪魔のいる文学史』はその頃の象徴的な一冊で、たとえ「その日の最初の一冊」でなくても、常に自分の指針となって古本屋の棚を探る目を変えてくれた本だった。ぼくはそうして悪魔に囁かれて学校を脱け出し、新刊書店ではなく、古書店の暗がりにずるずると引き込まれた。月曜から金曜まで、ほぼ毎日のように通っていた。学校に遅刻して欠席になっても神保町には欠かさず通った。おかげで学校は落第してしまったわけだが、悪魔の魅力は何ものにも代えがたい。十代の終わりに澁澤龍彥に感電してしまったら、もう後には引けなくなる。『悪魔のいる文学史』に紹介されている異端作家の作品を少しでも読んでみたくて、見つかるはずのない稀書を追い、見つからなければ同系統の手に入りやすい類書で我慢していた。それでも毎日通っていれば奇跡的に出あうこともある。が、見つかっても手の届く金額ではなかった。とにかく、毎日、古書街に通っていたことだけは間違いなく、しかし、いかにせん先立つものがないので、「買えなかった」記憶ばかりが色濃く残された。五十円や百円で買ったまじない本が導いてくれたのはせいぜい五百円や千円の掘り出し本で、三千円となると三日間悩んで結局買わなかった。

当時の日記をひもとくと、買えなかった本のことが日々切々と書いてある。名付けて「買えずじまい日記」。こんな本を見つけたが高くて買えなかった、今日はこんな本に出くわしたが高くて買えなかった――延々と悲しげに綴られている。

それでも毎日、元気よくサボって通っていた。楽しくて仕方なかった。いまどこへ行きたいかと訊かれたら、神戸にも行きたいが、もうひとつの「神」の町――神保町のあの時間に戻りたいと答える。あのときの神、いや、悪魔はじつに魅力的で、悪魔に魅了されている限り、これ以外何も要らないと断言できた。その潔さが懐かしい。

おそらく、訳のわからぬ決意のようなものに急き立てられていたのだと思う。いまのうちによく見ておけ、と悪魔はいつも言っていた。まだ若いと言える年齢のうちに思い残すことなくこの街を味わっておけ、そしてそれを忘れずにいろ、と。いや、そこまで悪魔が本当に言ったかどうか――眉唾眉唾。

が、日記にはそう書いてある。無念にも触れるだけで棚に戻すしかないが、いつかは買おうと覚え書きされた何百冊もの古本が列挙されている。そのリストが三十年後の今日に至るまで、目に見えない財産目録になっている。買えなかった本、出会えなかった本を追慕したり空想することが新しい仕事を生んできた――眉唾眉唾――でも、そんな気がする。

さて、唐十郎氏から澁澤龍彦氏に流れ、そこから稲垣足穂大人につながり、忘れちゃならない寺山修司氏にも、もちろん夢中になった。なにしろ、寺山さんは唐さんの兄貴分みたいなものである。いまさっきも「目に見えない財産目録」などというフレーズをさらさら書いたが、こうした言葉がたくさん詰まった『青蛾館』という本は寺山さんの中で一等好きな本だ。なにしろ、この本を熟読して「クラフト・エヴィング商會」を思いついた。この本にはいくつもの愉快で怪しげなヒントがある。そして、この本から香るほのかなユーモアと毒の味わいは、やがて本から抜け出して寺山さんが主宰した「天井桟敷」の舞台美術に具現化された。その魅惑的な舞台美術を魔法のように展開していたのが小竹信節氏――ぼくは小竹先生と呼んでいる――だった。

小竹先生はたまたま通りかかった画廊でクラフト・エヴィング商會の展覧会を見つけ、ぼくと相方が『青蛾館』の裏口からひそかに運び出してきたものを鋭く嗅ぎ当てた。そして、先生のもうひとつの肩書きである美術大学の教授として、「うちの大学に来てください」と声をかけてくださったのである。

その小竹先生――K教授が、今年のテーマに選んだのは「透明人間」だった。ぼくは、小竹先生から送られてきた封書の中からあらわれた「透明人間」という言葉に一瞬で射抜かれた。書留の封書で送られてくる趣向も、テーマが持つ不思議さとおかしさと恐さが入り混じったところも、いかにも寺山修司的である。サボった教室の空席に透明人間になった自分が座っているような気がする。

行きたかった大学に行けなくて、代わりに通い始めた学校から逃げてサボって古本屋に通ううち寺山修司氏の本と出会い、その寺山さんはもうこの世にいない（ちなみに寺山さんがあの世に行ってしまった日はぼくの誕生日だ）。いないけれど、透明人間のように、あるいは魅力的な悪魔のように寺山さんはいまもそのあたりにいて、サボって逃げているうちに、ぼくはなぜかいまごろになって行けなかった大学に通っている。

――というような話を大学の教室で生徒たちに話したら、同席していた小竹先生が複雑な苦い顔をされた。ぼくはあわてて「いや、決してサボってはいけません」と付け加え、それから誰にも気づかれないよう、いまこの教室にいない、いや、空席に座っているだろう透明人間に向かって、「好きなだけ遠まわりをしたら、いつかきっとここまでおいで」と声をかけた。

ひとだま

この夏の暑さはただごとではなかったが、その暑さの盛りに観た『東海道四谷怪談』の舞台で、最もひんやりした空気を感じたのは暗闇の中に人魂が登場する場面だった。それは青白いというより青緑色、エメラルド色に近い野球ボール大の火の玉で、照明を落とした舞台の上をゆうらりゆうらりと浮遊していた。

昔は焼酎を含ませた布を燃やしてこの青緑の火をつくっていたそうで（いまは違うようです）、歌舞伎の小道具に関する本によれば「焼酎火」と呼ばれている。ぼくは下戸なので焼酎を飲んだ経験がほとんどないが、あのような炎を燃え上がらせる液体を日常的に飲んでいる酒飲みたちがなんだか不気味に思えてくる。のみならず、焼酎を飲みつづけた人の人魂は、やはりあのような色で浮遊するのだろうと容易に想像できる。

とまぁ、最初はそんなことを考えていたのだが、どうも、この人魂というものが気になりだした。「ひとだま」という響きを舌の上で転がすうち、「とは何だろう」と考えてしまう。

手もとには一応、分厚い辞書があるのだが、あえて辞書を枕にして寝転がり、辞書の言葉ではなく自分で「ひとだま」を解説するとしたら、ふうむ、やはり「人の魂」ということになるのだろうか。では、魂とは何だろう。

――待てよ、これはずいぶん前に一度考えたことがあるぞ、と記憶を辿ったら、そうだ、またあの本である。『らくだこぶ書房21世紀古書目録』。あの本の中で『魂の剝製に関する手稿』という奇怪な本をでっちあげ、さて、魂を剝製にするのははたして可能だろうかと自問して悩んだ。いや、楽しんだ。

そもそも剝製というのは魂を抜かれたものであり、しかし、そうして抜かれた魂の方を剝製にするわけだから――はて、どう考えたらいいのか。これは、いま自問しても答えは簡単に出ないが、舞台の上を浮遊した人魂の鮮やかさを思い出すうち、このややっこしい問題にいまいちど取り組みたくなってきた。

というのは、大学の授業で「透明人間」というテーマをめぐり、学生たちとああでもないこうでもないとやり合っていることが影響している。透明人間という「そこにいるけれど目に見えない存在」が、魂——人魂——幽霊——などといったものと重なってくる。すでに書いたとおり、生徒たちが「とは何か」と考える前に、講師であるこちらが「透明人間とは？」と夏休みのあいだ、ずっと悶々としていた。そして、人魂の焼酎火などを見たりした挙句に考案したプレゼンテーションのコピーは次のようなものだった。

もしかして、いま、そこにいる？
そこにいるのだろう？
見えないけれど知っている。すぐそこに君たちはいる。
見えるものには限りがあるが、見えないものに終わりは来ない。
だから、君たちはどこにでも現れる。
姿を見せずに現れる。君たちは数えきれぬほどたくさんいる。
あるいは——、
君たちはそこにいた。
かつてそこにいて、
それは、ほんの一瞬だったかもしれないし、長く住み暮らしていたのかもしれない。
いまはもういない。
もういないが、かつてそこに君たちのいた名残が、
香りのように、残響のように、消え残っているのかもしれない。
いずれにしても、そこにいるのを知っている。
多くの人は見過ごしている。
そもそも、見えない人たちのことなど考えない。
でも、
いつか機会があったら、
「いま、そこにいる?」
と声をかけ、
君たちがそこにいることを、
ずっと前から知っていると伝えたかった。
その機会がきた。
——といったような文章に、誰も座っていない椅子をひとつあしらって、A4サイズに

レイアウトしたものを掲示板に貼り出した。なんのことやら、書いた本人であるぼくにもよくわからないが、この意味不明なプレゼンテーションに興味を示した学生が二十三名も集まった。

最初の授業で、教室に集まった二十三人に、「この文章の先にあるものを探ってください」と伝え、「ぼくらも発見したいと思っています」と忘れずに言い添えた。それが最初の宿題で、最終的にはひとつの空間に作品を創り上げるのだが、毎年、取っかかりはこうして言葉から立ち上げる。言葉から始めるのは自分たちが作品をつくるときの方法でもあるし、「ぼくらも発見したい」と言いながら、ぼく個人としては、いま書きあぐねている小説の構想につなげたいと思っていた。

＊

学校に通わず、ひたすら神保町の古書店街に通っていた学生のころ、さて、自分はこの先どうなるのか、何者になるのか、あれもやりたいしこれもやりたい、唐十郎の芝居に魅了されて演劇の世界も気になっていたし、一応、デザインの学校に在籍しているのだから――まさに「在籍」していただけだが――やはりデザイナーを目指すべきなのか、しかし、本当を言うと、自分が子供のときから憧れていたのは「本を書く」ことで、「小説家になりたい」でも「作家になりたい」でもなく、いかにも子供じみた言い方で「本を書きたい」と願っていた。

その「本」というのが何であるか、子供のときの自分が「本」と呼んでいたものは何であったか。悲しいけれど自分はそれをもう忘れてしまった。そう嘆く日もあり、しかし、たとえば寒い夕方に書店に立ち寄り、自分が本を書いたりつくったりしていることなどいっさい忘れ、純粋に読みたい本を選んでいるときは、あ、そうだ、これだ、と記憶の底にあるものに戻される。

その「本」は自分にとってひたすら幸福な本で、ちなみに、つい最近の寒い夕方に立ち寄ったのは、代々木上原の駅前にあるその名も「幸福書房」。

この店の棚を眺めていると、じつに心愉しくなってくる。その日見つけたのは『バットマンになる！　スーパーヒーローの運動生理学』E・ポール・ゼーア、『大塚女子アパートメント物語　オールドミスの館にようこそ』川口明子、『のれんのぞき』小堀杏奴、『オラクル・ナイト』ポール・オースターの四冊。レジで代金を支払うとき、店の御主人に「素敵な本ばかりを買っていただきありがとうございます」と言われた。「いえ、こちらこそありがとうございます」と売る方も買う本も「ありがとう」を言い合い、いや、本当にありがとうなのは四冊の本に対してで、抱えた本がじつにあたたかく、焼きたての太鼓焼でも買って帰るような幸福感だった。

こういうとき、自分は小学校の図書室で『ほらふきだんしゃく』を見つけたときの気分に戻っている。岩波少年文庫の『ガリヴァー旅行記』――箱入りのハードカバーだった――を読んだ夜の時間に戻っている。自分が書きたいのはそうした「本」であり、小説とかエッセイとか詩とか戯曲といった呼び名ではなく、何だろう、あれは何だろうか、そこには何かがあり、仮にそれを「たましい」と呼んだらやはり大げさだろうか。

＊

本を書いているときではなく、本のデザイン＝装幀をしているとき、その作者が故人である場合など特に、いま自分がつくっているこの本の中に「たましい」が宿っていると感じるときがある。それは著者の分身のようなもの、著者から滲み出た、あるいは、著者が過去から継承してきた何ごとか。直截に言えば、死者の痕跡。いまはもうない何ものか。もうないけれどそこにある何か。かたちのない、輪郭のない、しかしこちらのやはり「たましい」と呼びたくなる部分に触れてくるもの。太鼓焼の湯気のような、「ありがとう」

と言ったり言われたときにわき起こる感情。見えないけれど、そこにはもういないのかもしれないけれど、不意に、ひとりごとのように、「もしかして、そこにいる?」と話しかけてみたくなるような——。

そうした「ひとだま」を本というかたちに変えたものを、街へ出た帰りに、仕事を終えた帰りに、駅前の小さな、しかし幸福な書店で手にして抱える。つまりは、ひとだまを抱え、いまはもう死んでしまった人の声というか、思いというのか、考えというのか、そういったものが束ねられたものを抱えて家に帰り、自分の夜の部屋で、わずかな灯のもとで、心静かに頁をめくって、死んだ人のひとだまと、自分の体の中に——たぶん——あるだろうひとだまが交感し、嬉しくなったり悲しくなったり怒ったり笑ったりする。

ふと、時計を見ると深夜の十二時三十四分。

もしかして、そこにいる?

会ったこともない、声も知らない、顔も知らない曾祖父の、しかし、彼の生きた時間が伝わってきて、彼のひとだまが焼酎の匂いと共にエメラルド色に燃えてこの夜の部屋に漂っていたらいいのに。ぼくはそのひとだまをどうにかして本のかたちにしてみたい。

いい小説とは何だろう、いい本とは何だろう、と毎日考えているが、考える前にひとだまをつかまえ、小さな箱の中にでも閉じこめておかなければならない。つまりは、その箱が本なのだろうか――。

あるいは、待てよ、もしかして、「玉手箱」の「たま」とは「ひとだま」の「たま」のことであったのか。違うか。違ってもいいや。辞書は枕にしてしまったから答えが確かめられない。

こう考えてきて、ここまで書いてきた自分の文章を読み返してみたところ、最初の方に「魂の剝製」がどうのこうのと書いてある。そうか、本の装幀というのは「魂の剝製」になりうるかもしれない。

もし、うまいこと「ひとだま」を玉手箱に閉じこめ、その玉手箱にふさわしい装いをほどこすことが出来たなら――。

そういえば、浦島太郎が玉手箱を開いたとき、中から「けむり」のようなものがたちのぼり、瞬時にして太郎は老いてしまう――というのが、子供のときに読んだ絵本の『うらしまたろう』だった。つまり、その「けむり」が「たましい」で、「たましい」を失った浦島太郎は一挙にひからびてしまう。違うか。違ってもいい。せっかくの玉手箱から「たましい」が抜け落ちてひからびてしまった本は、この世に――残念ながら――たくさんある。本当のことを言ってしまうと、抜け落ちた本の方が圧倒的に多い。

浦島太郎が「あけるな」と言われた玉手箱をあけてしまうのは欲望に抗えなかったから

――と絵本ではなく教訓を孕んだ大人向けの本の解説にあった。ということは、欲望と「たましい」はひとつの箱に収まりきらず、もちろん誰だって欲望を抑えることができない愚かな太郎なのだから、「たましい」なんてものはいつでも二の次になる。

が、いま思い出したのは、我々には「みつごのたましい」なる厄介かつ尊いものがあるということ。この「たましい」は何と百歳まで――まぁ、一生ということでしょう――ひからびることなく保たれる。そして、こいつが稀に輝きを発し、おのれの欲望の中でいちばん純粋な「うぶ」が呼び覚まされ、こいつを崩さぬよう、そろりそろりと手の平で水を運ぶようにして言葉に換えて書き継いでゆく。すると、書きあげた本の中に、その人の「玉」が「魂」が「たましい」が「ひとだま」が封じられる――というのは眉唾だ。が、実際に玉手箱を開くような心地になる本はあるし、開けばちゃんと「たましい」の香りがして、嬉しくて悲しくて胸が騒ぐ。

どうせ書くなら、次に書く自分の小説はそんなふうに「みつごのたましい」に活躍してほしい。いい小説を書く秘訣はたぶんそれ以外になく、どうせ書くなら誰だってやっぱりいい小説が書きたい。

冒頭の一行を書いて書きあぐねていた『GZ』誌の小説について、編集のSさんと単行本編集のSさんにこんなことを伝えた――『木挽町月光夜咄』というエッセイを書くんですが、たぶん、そのエッセイを書いてゆくうちに自然と『GZ』の小説も出来上がってくると思います——口がそんなデマカセを勝手に言った。

二人のSさんの反応は、

「どういうことでしょう?」

思うに、漫画のフキダシが、口から漏れ出た「たましい」みたいに見えるように、口から出たデマカセには、自分でも気付かない自分の「ひとだま」がこめられているかもしれない。

だから、仮題すら決まっていなかったその小説は、どんなあらすじであるかはともかく、みつごの子供のときから書きたかった「本」になればいいと思う。

たぶんそうなる。

その本が少し未来の代々木上原駅前「幸福書房」の棚に並び、たまたま立ち寄った自分が目にとめて、迷わず買う。

そして、数十年後には、とある古本屋の棚にその本が並び、そのとき自分はもうきっとこの世にいない。

だけど、木挽町の歌舞伎座では相変わらず『東海道四谷怪談』が上演されるだろうから、見物の客の中に人魂の場面でひやりとし、その青緑色の炎に魅かれて忘れられなくなって、

「ひとだま」とか「たましい」なんてことを考えた挙句、本の中にそいつがあるかもしれないと気づく——ぼくによく似た——変わり者ひねくれ者がいるだろう。

彼は、とある古本屋でこれから書くその本を見つけ、そして、彼の手の中で、その本がぼくのひとだまになる。

なるだろうか。

「もしかして、そこにいる?」

ひとりごとのようにつぶやく彼の声が聞こえてこないだろうか。

聞こえるか

「もしかして、そこにいるのか」と声をかけられ、あわてて振り向くと、紺鼠色の着物を着た音吉がそこに立っていた。すわ、幽霊か魂かと身構えたが、どうやら向こうにはこちらが見えていない。にもかかわらず、「いねぇのかい？」とあたりをはばかるような低い声で確かめ、じっと見つめる音吉の視線はこちらの体を突き抜けていった。

ということは、あちらが幽霊ではなく、こちらが透明人間にでもなってしまったか。たしかに学生のころは透明人間のように身の置きどころがなかった。どうも学校が物足りなかった。自分が行きたかったのはやはり大学で、やはり、浪人して再挑戦するべきだった。が、何をいまさら、やりなおしはきかない。

これから自分はどうなるのか。そもそも自分は何者か。将来、何になりたいのか。いや、学校から逃げ出して古本屋街をうろつく自分は誰なのか。誰だ。そこにいるのは誰か。十二時三十四分です――。

またその数の並びを、夜の終わりのような夜の始まりのような時刻に見てしまう。

「あのさ」と、気配だけの誰かに話しかけてみた。「お前がこないだ言っていた、たましいのこめられた本のことだけど――」

「それはアンタが言ったんでしょう」

「本にいちいち魂をこめられたら、息苦しくてたまらない」

「魂なんて体のいいこと言って、しょせんは、焼酎に溺れて吐いた酒くさい息のことでしょう。ぼくは酔っぱらいが嫌いです。酔っぱらって正体をなくすのが嫌いです」

「それは知ってる。お前は俺で、お前は俺に含まれているのだから。ただし、お前そのものは、もうここにはいない。お前はそこからさまよい出て、アレが嫌いだコレが嫌いだと散々ほざき、三十年くらい歩きまわってここまで来た。俺に含まれて。太って、でぶって、体が重くなって、こんなの自分ではないとウンザリし、なんとか体重を減らし、ふらふらになって古本屋街を歩きまわっていたお前のところまで、金がなくて本一冊まともに買えなかったお前のところまで、歩いて帰ってみようと企んでいる。ここは、そんなこんなの十二時三十四分だ。ここまで――この夜の終わりまで、お前はいつか、こうしてやって来る」

「てことは、ぼくの未来がアンタですか」

「知ってるくせに。お前はいつだって夜中にノートを開き、買えなかった本のことをうらみがましく書きつらねていた。そうしては、ねぇアンタ、と未来の自分に訊ねた」

「ねぇアンタ――」

「そのアンタがこの俺だ」

「アンタに訊きたいことは沢山あるけれど、訊いてアンタが答えたらつまらない。問うだけの夜だったからぼくはそれをつづけた。酒も飲まずに。いつでも正気を保つために」

「それが遠まわしな問いならば、俺はいまでも酒は飲まない。ところが、飲まないのに飲んでいる連中のように太り出した。お前はよく知っているだろうが、俺は「連中」というものに連なりたくない。徒党がイヤだ。群れるのが嫌いだ。うわべだけのゆるいつながりで、褒め合いや慰め合いをするのは御免だ。だから俺はどんな倶楽部にもどんな会にもどんな結社にも属したくない。お前と同じだ。なのに、こんなにデブってしまった。笑え笑え。情けないよ、まったく。お前には怠惰に太った俺を見られたくなかった。いずれ、鏡の中に見ることになるんだろうが。そこのところは本当にすまない。すべて俺のせいだ。

俺とて、お前の「正気」をこぼしたくなかった。だけど、いつのまにか人混みにまぎれ、お前の手の中にあった酒のまじらぬ「真水」を、ここまで来るあいだにずいぶんこぼしてしまった。ひどい話だ。お前のその孤立を、俺は延々と引き延ばし、そのくせ、その孤立が積み重ねてきたものを、さして考えもなしに気安くお金に替えてしまった。ひどい話だ」

「いや、むしろその方がいいけれど――」

「そんなものか」

「この先、コレが一生つづくなんて耐えられないから」

「そうか。だけど、お前の言うソレが、確実に自分を動かしていたはずだ。自分が誰にも理解されないこと。ひとりであるということ。モノラルな、ステレオではないモノラルな何ものかに動かされていた」

「じゃあ、アンタはいまそっちでステレオなのか」

「右と左。南と北。あっちとこっち。アレもコレも。ふたつの職業。二足のわらじ。聖もよければ俗もよくて。純文学でもサブカルでも何でもいいや。犬も好きだし猫も好き。誰かにオシャレですね、と言われると、てやんでぇと卓袱台をひっくり返したくなる。しかし、いつだって洒落こみたい。海外文学が好きで、多大な影響を受けましたと言った口が、江戸の黄表紙に舌なめずりをしている。刷りあがったばかりの最新作こそ読みたいが、同じ日に見つけた聞いたこともない古本は、未知のひとくくりで結局は一緒。ルイス・キャロルが鏡を磨いてあっちとこっちをつなげたように、十二時三十四分なる時刻が、いまと昔を重ね合わせる。ああ、どっちかにしてくれ、と自分にツッコミたい。大体、レコードだって、ステレオ盤とモノラル盤を比べたら、モノラルの方が断然いい音だ。なのに、いまはあらかたステレオで、挙句、3Dとか言い出し、せっかく平面におさえこんだものを、どうしてまた引きずり出してくるのか。おかしな世界だ。俺のせいではないと言いたいが——お前、なんとかうまいことやって、こんな未来には来ない方がいいかもよ。お前、いま、どこに立っている？　いま、どこまで来ている？」

「だから、それがわからなくて。ぼくは透明人間みたいに自分の姿かたちもない、というか、身の置き場がないというか」

「しかし、神保町をさまよっているということは、もう『お化け煙突物語』を観たのだな。あの四本の化けもの煙突が分岐点のしるしだった。あそこを過ぎたのなら、もう引き返せない。御愁傷さま。いやいや、そう気落ちすることはない。ただね、お前が大事にしている、正気だの真水だのといったもの、そんなものを後生大事に抱えたまま、この混乱した三十年を生き延びてくるのは、結構きついよ。いちばん忙しかった頃は、たとえばKB社のアンカー室で朝方まで写真週刊誌のレイアウトをしていた。その雑誌はいまもある。お前さんが近い将来にレイアウトを担当する雑誌は主に四誌あるんだが、そのうちの一誌はこちらではもう休刊している。けれど、FS社の『S！』も、A新聞社の『AC』も、KB社の『F』も健在だ。ときどき、駅の売店で見かけ、自分が毎週関わっていたものがいまも毎週つづいていることに驚嘆する。お前さんにとっては、じきに訪れる未来で、俺にとってはとうの昔。その空気やら時間やらが、アンカー室の蛍光灯の眠い光に照らされている――」

「アンカー室って？」

「言葉どおりそのまま。アンカーはリレーのアンカーで、雑誌をつくるのに、記事を書くライターがいて、写真を撮るカメラマンがいて、そいつをまとめる編集者がいて、まとめたものをかたちにするデザイナー＝レイアウターがいる。このうち、ライターとレイアウターが編集部から隔離され、軟禁され、次から次へと書いたりデザインしたりする作業部屋のことをアンカー室という。たぶん、『広辞苑』には載っていない。ナポレオンの辞書には不可能という言葉が載っていなかったが、アンカー室の辞書には不可能はもちろんのこと、余裕も情けも血も涙もない。印刷所が手ぐすね引いて待っている早朝の入稿を目指し、是が非でも仕上げ、ゴールのリボンを切るまで家に帰れない。それがアンカー室だ」

「そのアンカー室のアンカーをぼくが？」

「楽しかった。いま思うと。アンカー室で仕事をする機会は二度とないだろうが、あの何年間かの深夜の繰り返しが体に染みついた。いまでも気分はアンカー室にいる。というか、電子書籍がどうのこうのと喧しい昨今、紙の本をつくること自体、その仕事にたずさわる者はこれすべて本の歴史のアンカーでしょう。先人の魂やら幽霊やらを引き連れて（背負うのはイヤだからせいぜい引き受けて）、バトンを引き継いで次のナントヤラへ。そのナントヤラを電子ナントカと呼ぼうがカキクケコと呼ぼうが何でもいいけれど、その得体の知れないデコ助に、我々が脈々とつないできたものを託したい。託すときは、好きなようにやっていいけれど、「そこんところよろしくね」と、ひとこと言っておかないと――。

俺もお前さんも（まぁ俺たちはいつか一緒に死ぬわけだが）、死んだあとにデコ助がろくでもないものを作るようだったら、さっそく化けて出て、青緑色の焼酎くさい狐火を未来の闇夜にゆらめかせてやる。話がややっこしくて、そちらのお前には何が何だかわからないだろう――」

「ああ、ちっともわからない」

「いや、本当を言うと、自分とは何か、などとほざくのはまだ五十年早い。てことは、俺だってまだあと二十年はほざけない」

お前さんの三十年先にいまの俺がいて、しかし、その俺にしても、自分を取り囲む状況や世界が、じつにややっこしい。自分とは何か、なんてことをとっくり考える間もなく、だから自分のことはひとまず置いて、俺とお前のひいじいさんの鮨屋の話をしたい。

さて、どんな店だったのかしら――と相方が言う。

この場合の「どんな店」とはまず外観で、やはり、『音鮨』と、墨書きした店の名が暖簾にあるだろう。いや、次第に暖簾から店の名が消えてゆく。脱色するように。真っ白に名前もなく、ただのっぺらぼうの暖簾が浮かんでくる。

おや、何だかこの感じを知っている。

そういえば、自分が最初に書いたふたつの小説――いわく「双子の処女作」――の片方に、「暖簾に名はない」と書いた気がする。

「せっかくだから、寄っていこうか」

三十年前の自分を誘い、二人で白い暖簾を割って店内にはいった。木の香りと酢の香りと甘みを含んだ魚貝の匂いがひとつになり、その匂いがあたかも店の体温のようになった。

「いらっしゃい」の声は音吉だろうか。

――と、こんな具合に小説に書き起こすとしたら、空想をめぐらせて店の中の様子をひとつひとつ指差すように書いてゆけばいい。が、いまのところ〈音鮨〉を小説に書くつもりはない。書けば、書いたものがそのまま〈音鮨〉として定着してしまう。自分としては、空想はしても、もうひとつ手が届かないくらいがちょうどいい。

祖父も父もぼくも鮨屋とは無縁の仕事を選んだ。どこをどう掘り下げても、音吉が営んだものを、これっぽっちも引き継いでいない。そう思いつつも、ここまでこうしてボンヤリ書いてきて、ボンヤリした鮨屋のカウンターのボンヤリした椅子に座り、カウンターの向こうにボンヤリした音吉が紺鼠色の着物でボンヤリ立っているのを見た。その姿を、隣に座ったボンヤリした三十年前の自分と一緒に眺めた。

「ここは？」と問う若き自分に、

「さぁて」と応えながら少々考える。「ここは御覧のとおり、すべてがボンヤリしている。暖簾に名はないし、こんなことではとても引き継げない」

「引き継げない？」

「お前さんがお化け煙突の分岐点を通過して来たみたいに、もし、我々の親父やじいさまが、それぞれの分岐点でちょいと気まぐれを起こしていたら――。あるいは、このボンヤリした店を我々が引き継いだかもしれない」

「この店を――」

「しょせん幻だが、幻でもいいから引き継いでみたかった。お前さんに、もし、その気があるのなら、お前さんがいずれ書くことになる最初の小説に、この店を鮨屋ではなく食堂として書いたらいい」

——と、ぼくは（若かったぼくは）、四十八歳になった中年の俺に肩なんぞを叩かれた。詳細は覚えていないし、日記にも書き留めていない。三十年前の深夜の十二時三十四分に、未来の方から「お前、そこにいるのか」と声をかけられた。

声をかけた中年の俺は俺で、未来よりもずっと遠い過去から「そこにいるのか」と曾祖父に声をかけられた。深夜に。ひとりで部屋にいて、悶々と妄想を繰りひろげるうち、時間が火花を散らしてショートして混線した。

ところで、若いぼくがそのとき夢中になって読んでいたのは、村上春樹の「僕」三部作や、いまとなっては「初期短編」と呼ばれる作品群だった。それらを、泥くさくて血の匂いがする唐十郎の世界と並行して読んでいた。およそ、港町のバーやホテルが舞台になっている小説を、「こんなの他にない」と発見した思いだった。少なくともぼくのまわりにいる友達は誰も知らなかった。まだ『世界の終りとハードボイルド・ワンダーランド』も『ノルウェイの森』も存在していない。

本から顔をあげても、街にはバーやカフェ・バーと呼ばれる店が洒落たアイテムとしてあった。村上作品に限らず、多くの小説や映画の中で、人と人がバーのような場所で出会って物語を始めていた。

子供のときから自分で「おはなし」をつくって書いてはいたが、よし、自分は小説を書くのだ、と強く意識したのはこの頃だった。もういちど書くが、当時はバーやレストランといったカタカナが物語を彩っていた。「食堂」なんて誰ひとり見向きもしない。ぼくは学校をサボり、ときどき明治大学の学食＝師弟食堂の定食を食べていた。それはひとえに安かったからだ。まだ改築前の古ぼけた構内の薄暗い一角にあるのが、いかにも舞台袖的で好ましかった。

だから、当時は「食堂」といえば師弟食堂を意味し、自分が未来に書く最初の小説を、バーではなく食堂を舞台にして書くことなど思いもよらなかった。

けれど——ここが重要だが——いざ書くことになったときは、たとえ内容がどんなものになろうと、『つむじ風食堂の夜』というタイトルだけは動かし難かった。書きながら、しきりに何かを思い出そうとしていた。大げさにいうと、ぼくは昔——いや、未来でもいい——とにかく時間的にも空間的にも離れたところでこの小説を読んだ。あるいは書いた。あるいは映画のように映像で楽しんだ。どれが正解かわからないが、どうも、そんな気がしてならなかった。ぼくが書くのではなく、すでにどこかに存在しているものを懸命に思い出すようにして書いた。

若い自分にとって、「未来の自分」であるところのいまの自分が、「ここまで来い」と過去に声をかけた。馬鹿げているとわかっているが、どうせ放っておいても馬鹿げたことしかしないのだから、深夜の、魔が差してくる例の時間に、ひろげたノートに向かって語りかけても損はない。

お前、いま、どうしてる。こっちはこんな感じだ。あまり言ってしまうと面白くないから、ちょいと耳打ちだけしておくが――。

未来はこんなものだ。聞こえるか。聞こえないか。

聞こえるはずないか。

双子のギター

我が相方、女房殿より、前章の「聞こえるか」について、二人の自分が現れて対話するのはいかがなものか、と有難くない――いやサ、有難いツッコミをさっそくいただいた。そうかいナ、そうですわいナァ、と会話がいきおい歌舞伎めくのもまたいかがなものか。相方いわく「ちょいと恥ずかしくない？」。なぜだろう。「だって、なんだか青くさくて」。ふむふむ。「だいたい、ぼくがどうのこうのって自分語りは、どう語ってもしゃらくさいのに、俺とぼくの二人でやられた日にゃア、たまったもんじゃないわいナァ」。ええ、そうでしょうとも。

減量のために歩いていると独白が増え、一人で歩いているから話し相手もない。しかし、記憶は次から次へと押し寄せてくる。

記憶の中の自分は若く、これが十年前だったらまだしも、若い自分といまの自分の落差が大きくて同じ自分とは思えない。いまの自分の境遇を、「若いときの自分に教えてやりたい」というのはよく言われることだが、いざ、本当に教えるべくそんな場面を描いてみれば、意外にも若い自分が「知りたくない」と首を振る。

それでも、と強引に伝えたところで、若い自分は「知ってらぁ」とイキがってみせる。「それがどうした」と反発もしてくる。どうにも生意気な俺だ。しかし、よくよく冷静になってみると、若い俺はいまの自分に含まれているのだ。四十八歳になって発見されたことは、落差のあるもうひとりの自分が、いまも自分の中に居据わっているという事実だった。

だから、たとえば、若い自分に「こっちはこんなだぞ」「こっちでお前は小説を書いている」「本の装幀をしている」「大学に通ってるぞ」、そして、恐縮するようなあんな人やこんな人と出会って——などとおいしい話を並べるより、お前はまだ死なないで俺の中にいるみたいだ、とそれだけ伝えればいいのかもしれない。

この文章を書き始めた発端に戻ってみると、知らぬ間に肥満し始めた自分がいたわけで、そこに立ち上がったのは、健康がどうのこうのではなく、左利きであったころの自分に戻りたい、というおかしな思いだった。鏡の中の肥満した自分から「一人で神保町をさまよっていた若い自分」が消えかかっていると直感した。鏡の中で肥満に押しつぶされて。そういう運命なんだよ。いつまでも青くさい俺を自分の中に住まわせておくなんて得策ではない。そんな調子だから、いつまでたっても垢抜けた大人になれないんだ――という声もあろう。

しかし、ほとんど消えかかっていたとはいえ、ここまで延々と引き連れてきたのだから、この際、垢抜けた大人なんてものは玉手箱にでも押し込み、いっそ、このどうしようもない、とんでもねぇ野郎、若くて青いヒョウロクダマのようなヒトダマを孕んだ自分を、いまわの際まで連れて行くのも自分らしい酔狂だ。

夏の終わりに実家に帰って音吉さんの話なんぞを聞いた折り、母が、アンタ、体重計にのってみなさいよ、と廊下の隅にうずくまった白い計測器を指差した。あのさ、母上殿、俺はですね、ここんところ毎日ちゃんと体重計にのってるんですよ。なにしろ、ただいま減量中なんですから。そうエバってみたのだが、いいからノンなさい、と厳父ならぬ厳母の一喝。

で、のってみたらこれがじつにイイ。毎日のっている測定器がいかにも野暮に見えてきた。で、さっそく母とお揃いの第二号を購入。まさか、一年のあいだに体重計を二台買うとは思いもよらず、しかし、第二号は賢い測定器で、内臓脂肪率だの筋肉量だの骨密度だのと至れり尽くせりで内情を暴露してくれる。

歩く習慣を身につけて猛暑を乗り越え、菓子パン関係およびバター生クリーム関係と縁を切り、いっさいの「おかわり」なるものと訣別し、コーヒーはブラック、水を大いに飲み、炭水化物を強敵と見なし、豆腐と納豆をいまこそ愛し、石川淳を見倣ってステーキは食う(ただし腿肉)。たまにはトンカツも食おう(ただしヒレ肉)。饅頭・団子はおおむねよしとする。ハンバーガーもデカいヤツを完食しなければいいのでは——と、かなりいい加減で潔くない自己流ルール。

ただし、歩いた歩きました、十キロくらいなら笑いながら歩きます。目標の十二キロまであと二キロ。グラムとキロを混同したデタラメな目標であったが、事実は奇なり。十キロメートルを平然と歩くようになったら、体重も十キログラム減っていた。

そして、二代目ならぬ二台目体重計が言うことには、驚くなかれ、アンタの体年齢は二十三歳です——と。目を疑ったが、毎日計測してその結果がデジタル表示される。いいねぇ。十キロの化けの皮を剝いだら、本当に中から二十三歳のヒョウロクダマが出てきた。

では、二十三歳のときに自分は何をしていたか。歩きながら考えてみる。夕方に家を出て、十キロは歩かないとしても、適当に歩くうち、頭ン中は二十三歳から離れ、深夜に書くだろう〈木挽町月光夜咄〉のあれこれを考えている。

そういえば、昨日買った『倍音——音・ことば・身体の文化誌』という本がやたらに面白かった。倍音はギター小僧（もまた自分の中に居据わっている）として大変に興味深く、どうも、こうした音楽のアレコレが文章を書くことにつながっているんじゃないか——そんなことを書いてみたいと思ううち、自分が最初に買ったギターを思い出した。

このアコースティック・ギターはいまも手もとにある。それもまったく同じものが二台。なんでも二台買わないと気が済まないという話ではなく、一台は中学生のとき、そして二代目ならぬ二台目は三年前に中古で手に入れた。

BLUE BELL という国産メーカーの廉価モデルで、その当時、手軽に買えたアコースティックといえば、MORRIS か YAMAHA のフォーク・ギター。まわりのギター小僧を眺めた限りでは、あらかたそのふたつのメーカーだった。BLUE BELL など聞いたこともない。それを御茶ノ水の楽器店で発見して即決したのだが、要はそのギターが店頭に並んでいた唯一の左利き用ギターだった。店の人いわく、たまたま一台だけ入荷した、とか。

音がどうのこうのではなかった。これはレフティ・ギター小僧の最大の悩みで、なにしろ、左利き用のギターなど——少なくとも当時は——滅多に売っていなかった。ほとんどが特注で、レフティには選択肢などないのである。

おそらくその BLUE BELL の左用は、店頭用に特別に――気まぐれに？――ただ一台だけつくられたものと思われた。ひねくれ者としては、皆と違うはみだし者が相棒にふさわしく思え、なにしろ、同じギターを持っている者は、世界広しといえど一人もいない。実際に、見たことがなかった。

それで、音の方はどうであったのか。

四十歳を過ぎるまでのおよそ三十年あまり、アコースティックはそのギター一台だけを弾いてきた。だから、良し悪しはわからない。三十年も弾いてくればそれが自分の音になってしまうし、人前で弾く機会もないので、自分が楽しめればいいと思ってきた。が、四十を越えたあたりから、違うギターを弾いてみたいと余計な欲が出てきた。便利になった世の中はインターネットの検索が左利きのギターをあっさり見つけ出してくれる。で、リーズナブルな中古をいくつか買い集めて試してみたところ、我が愛機 BLUE BELL は、他のどのギターにも出せない響きを持っていると知った。また、BLUE BELL というブランドはすでになく、中古市場でも希少な存在で、丁寧につくられた名器が多いと高評価を得ていることも知った。

といっても、我が愛機は初心者向けのローエンド・モデルなので、世間一般の名器の音にはほど遠い。魔が差して、高価なヴィンテージ・ギターの味わいも知ってしまったのだが、それでも、さっと手軽に弾くのはこのギターだった。

ところがである。世界唯一と思っていたこのオンボロ・ギターが、三年前のある日、ネット上のギター・マーケットに――なにげなく開いて検索したパソコンの画面に――手もとにあるものとまったく同じ面構えで現れた。

目を疑うとはこのこと。売りに出しているギター・ショップが示すデータによれば、型番も同じだし、生産年もぼくが買った年代とぴったり一致している。自分の知らないあいだに愛機が売り払われてしまったかと思ったほど。もちろん左利き用で、ナチュラル・フィニッシュの焼け具合や、傷や汚れの印象までよく似ている。

値段は格安。

買おう。買うぞ。買った。買ってしまった。

持ってるのに何故だ――などと考える間もなく、なんとも言い難い妙な気分で。なんというか、はぐれた自分の分身を見つけたような、見てはならないものを見てしまったような、別の時間軸に紛れ込んでしまったような、そんな変な感じだった。

注文して二日後にギター・ショップから届き、いそいそと梱包を解くと、中から出てきたのは、パソコンの画面で確認した以上に愛機とうりふたつ。二本を並べると、不思議な、というより異様な空気が漂った。ただひとつであったものが、ふたつに分身している。

材質も塗装も木の乾き方も一緒で、たぶん、同じ木材から切り出されたのではないか。サウンド・ホールの奥に貼られたラベルを確認したら、工場の出荷時に一台一台個別に打たれたシリアル・ナンバーがきわめて近かった。

つまり、この二本のギターはおそらく同時につくられ、同じ日に工場から出荷されて別の店へと送り出された。一台は中学生のぼくが御茶ノ水で購入し、もう一台は、どこかで誰かさんが手に入れ、一人か二人か何人かの手を介してここまで来た。二台は三十年ぶり、工場以来の再会となり、感傷的な気分もないではないが、それよりもギター小僧としては、またとない実験の結果を知りたかった。

ギター小僧の関心事のひとつに——というか関心事の大部分と言っていい——「あの音を出したい」というのがある。「あの音」というのは、レコードやCDで散々耳にしてきた、憧れの、あるいは熟練のミュージシャンのギターの音である。

これがクラシックのヴァイオリンやチェロの音となると、腕はもちろんのこと、使用された楽器がそれこそ世界唯一の名器であったりするから、どんなに憧れても同じ音は出ない。が、ロックやブルースで使われる楽器の多くは工場でつくられた量産品なので、同じメーカーの同じ年代の同じ型番のギターを手に入れればそっくり同じ音が出ると考えて——いいのかどうか、本当にそうなのか、これがギター小僧の煩悩となって長きにわたり悶々としてきた。

たとえば、ビートルズの洗礼を受けてギターを始めた人（ぼくのこと）は、そのあと、かなりエキセントリックなギタリストの影響を受けても、やはり「あの音」――ビートルズのギターの音が頭から離れない。ジョン・レノンが愛用したアコースティック・ギター（正確にはエレクトリックとのハイブリッド）はギブソン社の量産品で、いまでも同じ型番のモデルが新品で手にはいる。が、レコードで聴いてきたＪＬの愛器は同じ型番であっても四十八年前ないしは四十六年前に生産されたもので、こればかりは断言せざるを得ないが、どうにも同じ音がしない。似ているけど――全然（小声）――違います。

では機会に恵まれて、四十八年前に生産された、ギター小僧用語で言うところの「ドンズバ」（ドンピシャ・ズバリの略か）を入手すれば、本当にレコードと同じ音が出るのか。いや、「機会に恵まれて」などと書いてみたが、このギター、すでに博物館行きになり始め、ドンズバは滅多にオークションにも中古市場にも出てこない。当時のギブソン社のギターはわずか数カ月でめまぐるしくマイナーチェンジをしていたので（というか、はっきり言ってものすごくテキトーにつくっていたので）、完全に同じものは現存数が限られている。価値を知って愛用している人は決して手放さない。したがって容易に確かめようもなく、しかし、物理的にどうなのか、科学的にどうなのか、同じ年につくられたものはやはり同じ音がするのか、非常に興味がある。NHKスペシャルで特集してほしいくらいだ。それくらいJLの音は再現が難しく（弾き手の個性もあるのだが）、これはたぶん多くの好事家が悶々としてきたところだろう。

その答えが――（かなり規模が縮小されましたが）（ぼく以外、誰も興味を持たないギターですが）――遂に得られる。

つまり、ほとんど同じ日と言っていい時期につくられたドンズバ同士の二台のギターは、はたして同じ音がするのか。

さらには、三十年の年月がギターの音にもたらす変化はあるのか。

もし、二台を弾きくらべてそっくり同じ音が出たら、おお、やはりドンズバは時間を超えて同じ音がすると言い得る。

で、念のため二台とも同じ弦に張り替えて弾いてみた結果、なんとこれが恐ろしいほどの違いがみられた。

基本は同じなのだが、何かが決定的に違う。

ぼくの愛器（一台目）は、ややスモーキーで、どちらかと言うとうつむき加減などんくさい音である。ところが、二台目はどこか繊細で乾いた明快な音でかなり線が細い。が、そっくり同じギターを弾いていることを忘れても、根っこが同じ響きであると耳でわかる。

印象としては、基本の音は同じだが、そこに乗っかってくるハーモニックス＝倍音の質が違うように感じた。

これはとても面白い結果で、いろいろなことを考えさせられるが、感覚的に「倍音の質が」などと知ったかぶっても、倍音がいかなるものであるか、体感したことのない人に言葉で説明するのはなかなか難しい。

ただ、二台のギターを弾き比べて実感したのは、たぶんつくられた時点ではほとんど同じ音で鳴っていたのが、人間と同じで、育った環境と育てた親（演奏者ですね）が楽器とどう付き合ったかで音が変わってきたのではないかということだ。

となると、ぼくがこの二台目を日々弾いてゆくにしたがい、少しずつ一台目と似た音になってくるのか。それとも、別の道を歩んできた楽器は、どのような矯正にも屈しないのか。

あるいは、それまでどんなに離れていても、同じ屋根の下に戻れば、同じ言葉で喋り、同じ口癖を披露するようになるのか。

なにしろ、この二台は双子なのである。三つ子の魂ならぬ双子の魂を空想した。

もっと言うと、倍音というのは、音の魂みたいなものじゃないか、と口からデマカセが出た。

倍音は楽譜に記されないし、人間の聴覚では正確にとらえられない。あ、これが倍音だよね、と言い合っても、同じ音を感じているかどうか大いに疑わしい。だけど、倍音を伴わない音は、胸に訴えてくるものがない。何かいい——と感じるときはおおむね倍音が響いており、何か味気ない——と感じるときは倍音がカットされている。そう断定してもいい。

ついでに、音をたてるものはもちろん楽器だけではない。風も水も石も花も、ほとんどすべてのものが音を発する。ということは、なんとなく愉しいなぁ、なんとなく不穏だなぁと、首を傾げるときは、たとえば、風吹く音の倍音が作用しているのかもしれない。

つまり、生物も非生物も、目に見えるものも見えないものも、あらゆるものが倍音——ないしは倍音的なもの——を伴って存在していると言っていい。そしてそれは、文字や記号に変換できない。考えようによっては、人と人をつなぐ最も重要な媒介物でありながら、人はそいつを決してつかみとれない。

名刺

　ときおり、あなたの父上は手品師だったのですか、と訊かれて、は？　となる。これはきっと双子の処女作のひとつ＝食堂のおはなし＝つむじ風なんとか（作者としては、そろそろタイトルを書くのも略したい気分）なる小説の主人公＝「私」を、ぼく＝吉田篤弘と見なしての問いだろう。でも、全然違います。「私」はぼくではないし、父は手品師ではなく印刷屋でした。

　ただ、印刷屋であった父が引退をし、悠々自適の老後を歩み始めたところでコロッと逝ってしまったのは、小説の中の父親が手品のように消えてしまう様によく似ている。

　いや、これは、フィクションと現実の順番が逆で、父がコロッと逝ってしまったから、小説の父もコロッと逝ったのである。要するに、父が消えるようにして他界したことが、なかなか書けなかった食堂のおはなしをぼくに書かせた。

この小説はタイトルだけが先に決まっていて、CM書房の中川美智子さんがぼくの最初の小説の本をつくりたいと声をかけてくださったのだ。が、なかなか書き出せず、タイトルだけ先にひねり出して、「こんなふうに決めました」とメモ用紙に書いてお見せした。「いい。とってもいいです」と中川さんは褒めてくださり、すっかりいい気になって、もう書いたような気になってしまった。それから本当に長いあいだ書けなかった。

もし、父がコロッと逝かなかったら、たぶん書けないままであったか、まったく別のものになっていた。でも、書いたような気になっていたから、父の葬儀から半年くらいしたとき、不意に忘れていた記憶が溢れ出すようにして――いや、溢れ出すのではなく、頭の上に降ってくるようで、言葉がどしゃ降りで落ちてきて、そいつを懸命に拾い集めて書いた。

これにはもう少し尾鰭が付く。

書き始めた早い段階で、もしこれを映画化するとしたら――と相方と登場人物のキャスティングをしては楽しんでいた。この小説は、どう考えても映画になどなり得ないと思っていたから、気ままな余興としてそんな遊びが出来た。

最初の食堂の場面は映画というより舞台を想定し、静かに始まって、すぐにガヤガヤした群衆シーンになる。これは唐十郎氏の戯曲を読み過ぎたせいで、ぼくの印象では、紅テントの芝居はいつもそんなふうに始まる。群衆の中心には必ず一人の偏執狂がいて、現実離れしたいささかロマンティックなセリフを繰り出して群衆の失笑を買う。そんな唐さんのお芝居の始まりが好きで、好きなだけではおさまらず、じつは、小説を書く前に何本かの戯曲を真似て書いていた。二十歳の頃である。バンド仲間の浦島が予言したとおり、ぼくは唐さんに見事に頭を撃ち抜かれ、よし、自分も芝居をやろうと決起したのだった。いま思えばひたすら赤面するばかりである。何から何までまったくの猿真似なのだが、それらしい戯曲をでっちあげ、劇団紛いのチームを俄づくりでおこし、市民会館の片隅を借りて稽古まで試みた。

でも、実際には上演しなかった。出来なかったのだ。

これが我が身を振り返って思い当たるふたつめの大きな挫折である。その恨み——というのは冗談——が、食堂のおはなしの冒頭ににじみ出ている。いや、芝居云々は、中盤過ぎにもにじみ出ている。「私」は、ぼくではない、といまさっき書いたばかりだが、芝居を志して挫折した経験がある主人公の「私」とは、まったくもって自分ではないか。にじみ出るうち、若気の至りの戯曲を書いた記憶がよみがえり、頭の中で勝手にキャスティングした役者たちが動き始めた。

「主人公はねぇ」とぼくは相方に迷わず言った。「主人公は八嶋智人さんだね、やっぱり」

やっぱり――というのは、その少し前に三谷幸喜さんの『バッド・ニュース☆グッド・タイミング』という芝居を渋谷で観て、その舞台で初めて八嶋さんを知り、いい役者さんだなぁ、覚えておかなくては、としっかり記憶に留めておいたのだ。こんなことを書くと八嶋さんに失礼だけど、どことなく容姿が若いときの自分と似ていたのである。

待てよ、いまこうして書きながら初めて気づいたが（本当にいま気づいた）、自分に似ている役者さんを選んだということは、やはり、ぼくは主人公の「私」に自分を託していたのだろう。

ちなみに、『つむじ風食堂の夜』をお読みいただいた方に、ここで特別に（何が特別なんだか）執筆当時（二〇〇一年）に僕と相方が考えた勝手なキャスティングを発表しておきます。

私＝八嶋智人さん　奈々津＝天海祐希さん　帽子屋・桜田＝杉浦直樹さん　果物屋の青年＝松田洋治さん　デ・ニーロの親方＝江守徹さん　食堂の主人＝沢田研二さん

脳内キャスティングでありますから、大変豪華なことになっております。ですが、書いているあいだは、この方々ないしはこの方々に準じた何者かがぼくの頭の中で動き、しかしてです、それがなんというか、ぼくが演出しているのではなく、すでにそうした映画が存在しており、ぼくはその映画をずいぶん前に見たことがあって、でも、何らかの事情でフィルムが廃棄されて二度と観ることはできない。そいつをなんとか再現するべく記憶を探って小説に仕立てた。いや、ところどころまったく仕立て切れず、少なくとも冒頭はお芝居のままになっている。それは過去ではなく、未来の方から兆してきた「記憶」を頼りに、未来を思い出しながら草した——と書いたらおかしいだろうか。でも、そんな感じだった。

そしてその思いは、いま、未来を迎えて、奇妙な事態を招いている。

ひとつは、本当にこの小説が映画になって、八嶋智人さんが「私」を演じたこと。

自分のここまでのところをざっと洗いなおしてみると、じつにさまざまな信じ難いことが起きたのだが、「つむじ——」が映画になるなど誰が予測しただろう。しかし、実際につくられた映画を観て、やはり自分はこの映画をずっと昔に、記憶のいちばん奥よりもっと深いところにあるものとして知っていた。観たことがある、と感じた。そして、大半は思い出せたから書けたのだが、いくつか思い出せないところがあって、映画を観て、ああ、そうだったと頷いた箇所が二、三あった。初めて観たときから未知ではなく既知だったのだ。ぼくは自分の小説を原作とした「未来につくられる映画」を思い出してこれを書いた。そんなはずはないけれど、感覚としてはそんな気がすると言いたい。

愉快だったのは、試写会のときに役者さんが一堂に会しているのを眺め、ああ、そうだ、本当はこの人たちだった、ぼくらが勝手なキャスティングをしたけれど、本当はこの人たちだったと思えたこと。帽子屋の桜田を演じた下條アトムさんが、ぼくの顔を見るなり、「似てますねぇ」とおっしゃって、ぼくと八嶋さんを見比べたこと。公開された映画を観たぼくの親戚のおじさんおばさんたちが、主人公とその父・母が、ぼくとぼくの父・母にそっくりだったと感想を述べたこと。もちろん、キャスティングをした方も、そして監督も、ぼくの父や母のことなど知らないのでまったくの偶然である。

小説を読んでくださった方の多くが、見知らぬ町が舞台なのに、どうしてなのか懐かしいとおっしゃる。それは書いているぼくも同じことで、要するに、この映画が遠いところ——未来——に存在していて、その距離をひとつひとつ懐かしむように書いたのだと思う。

*

ものごころついたときには、家の中に様々なサイズの大量の白い紙があった。それは父が印刷屋だったからで、印刷したあとに余った紙を貰い受けていたのだった。

ぼくはその白い紙に絵を描いて字を書いて育った。つまりは、白い紙に育てられた。だから、いまでもノートを山ほど買い、身辺に常に白い紙を待機させていたい。待機というより動機か。書く動機なんてものはさしあたりなく、白い紙が物理的にそこにあるから書く。それだけだ。もしかすると、なければ書かないかもしれない。

毎日、ノートをひろげて小説を書いている。書こうとしても「あ」の字ひとつ書けない日もあれば、「あっ」という間もなく白紙が黒々として書く手がとまらなくなる日もある。

毎日、体重計に乗って、精神年齢ならぬ体年齢が二十三歳であるのを確認し、「よしよし」と一人で頷く。

二十三歳のとき――四半世紀前だ――に自分は何をしていたかと言うと、やはり白い紙――手帳だった――をポケットに忍ばせ、思いついたことを片っ端から書き留めていた。小説も書いていたが、きわめて短い掌編しか書けなかった。なにしろ時間がなかった。

二十三歳といえば、デザイナーとして働き始めてまだ一年か二年である。来る日も来る日も自分は何者なのかと古書店街をさまよい、あんなに学校をサボっていたのに、あるとき、学校でいちばん偉い主任先生に呼び出され、いきなり「吉田は本が好きなのか」と訊かれた。よくわからないまま「はい」と答えると、装幀家の亀海昌次というデザイナーがいて、事務所で働く人を探している、本が好きな人がいいらしいから、どうだ、君、やってみないか――。

バイトとして通ううち、受け持ちの仕事がみるみる増え、結局、ぼくは学校を卒業することなく亀海昌次に弟子入りし、カメガイ・デザイン・オフィスの下っ端デザイナーになった。最初はバイトの延長という意識しかなく、自分が社会人として仕事を得たという実感がなかった。が、二十三歳になってしばらくしたころ、「お前も名刺を持て」と亀海さんがぼくの名刺をデザインしてくれた。それまでは仮に名刺を持たされても渡す相手もなかったし、それ以前に「お前にはまだ早い」で片付けられていた。だから、ぼくとしては、名刺をつくってもらえたことは、とりあえず一人前として認められたことに等しかった。

とはいえ、下っ端は下っ端である。朝いちばんに出勤し、お湯をわかして部屋の掃除をし、スケジュール表を確認して、その日に入稿する版下の準備をする。パソコンのない時代である。いや、あったかもしれないが、パソコンはまだデザイン・ツールとしての機能を果たしていなかった。いまなら版下はパソコンでつくるが、当時はアートポストというB全サイズの白い紙を切り出し、〇・一ミリのロットリングを使って慎重に線を引いてつくった。一冊の本につき、カバー、表紙、扉、帯の四枚の版下をつくる。亀海昌次は人気デザイナーであったため、毎日、平均、二〜三冊の入稿があった。だから、毎日、十枚近くの版下を引き、準備が終わると、急いで写植を引き取りに行った。

写植は前日の夜までにオーダーしておくと、昼過ぎに打ち上がり、六本木の事務所から東銀座の写植屋まで地下鉄に乗って拾いに行った。二十三歳のぼくは、その地下鉄の中で小説を書いていた。あるいは、書こうとしていた。夢中になっていると乗り過ごしてしまう。車内に響く「ひがしぎんざぁ」の声に弾かれるようにしてホームに降り、階段をのぼって改札を抜け、さらにもうひとつ階段をのぼって地上に出ると、目の前にデンと歌舞伎座があった。

見物の客でいつも混んでいた。そのころぼくは歌舞伎になどまったく関心はなく、たまに、劇場に隣接された立ち食いそば屋で、かきあげそばを食べた。食べ終えたら、賑わいから逃げるように歌舞伎座の裏手へ出る。マガジンハウスのビルがあり、さらに裏の道へ抜けて五分ほど歩いた古いビルの一室に写植屋はあった。毎日欠かさず通っていた。月曜から土曜まで。事務所にはなかなか後輩がはいらず、ぼくは長いあいだいつでも下っ端だった。結婚するまでは——。

結婚するまで、ぼくは自分の本籍がどこにあるかなど考えたこともなかった。もし、誰かに尋ねられたら、返答に窮した挙句、「東京のどこか」と答えたろう。だが、入籍の手続きにあたって本籍地のある区役所に届を出さねばならないと知り、父に訊いたら、「木挽町だよ。いまの東銀座だな」と言う。

「ひがしぎんざぁ?」

本当に？　東銀座なら、毎日、通ってるけど。

届を出す中央区役所は東銀座からすぐのところ——かつての川向こうにあり、事のついでに本籍地の正確な住所を確認してから、ぶらぶらと架空の川を渡って東銀座へと戻ってきた。

ついでに本籍地がいまどうなっているか見ておこう——。

手帳に書きとめた住所と、コンクリートの壁に貼られた住所表示を照らし合わせながら自分のルーツとなる場所を探り、お、近いな、もうすぐか、あれ、おい待てよ。なあんだ、そうなのかい——。

その場所は、ぼくが毎日通い詰めた写植屋のあるビルから数メートルと離れていなかった。というか、たいてい、そのあたりの居酒屋か何かで昼の食事を済ませていた。なんのことはない、特に気に入って足繁く通った店のすぐ隣が我が本籍地なのであった。

呼ばれていたのだろうか。　誰に？　場所にか。

この偶然は、それから二十年を経た最近になってふたたび繰り返された。この二十年のあいだに写植屋はビルごと消え、居酒屋もなくなった。ぼくはカメガイ・デザイン・オフィスを離れ、デザインの仕事は相方と二人で続け、ときどき雑誌の取材などを受ける。

何年か前に、『デザインのひきだし』という雑誌の取材があり、その際に編集長からいただいた名刺が活版で刷られたとてもいい名刺だった。紙の手触りといい、活字で打たれた文字の色あいといい、あまりにいいので、どちらの活版屋さんで？　と訊いたら、「銀座です。ここはおすすめですよ」と住所を教えてくださった。よし、これを機に、装幀デザインだけではなく名刺のデザインも請け負い、印刷はこの活版屋さんにお願いしよう。そう決めたら、さっそくふたつほど注文をいただいた。

で、件の活版屋さんを訪ねた。教えられた住所はメモに走り書きされ、あらためて確認すると、どうも覚えがある。

これはもしかして――と道を辿ると、示された場所は我が本籍と道をへだてたすぐのところ。こぢんまりとして、いかにも銀座の路地裏に構える小粋な活版印刷所だった。がらがらと戸を引いて中にはいると、久しく忘れていた匂いに包まれた。

父の匂いだった。

キャプション

さて、何だかどうも面白くないという日は『植草甚一日記』を読む。世間は師走なので、「一九七〇年十二月」を読む。「ペラ四枚ばかり書く。」「ペラ三十六枚出来る。」といった記述が頻出す。初読時（まだ中学生だった）は、この「ペラ」の意味がわからなかった。「十二月五日（土）晴　午後五時まで「ジャーナル」ペラ二枚書き」――とあるが、「ジャーナル」とは、いまはなき『朝日ジャーナル』のことだろうか。

1Q84ならぬ一九八四年。ぼくは二十二歳で、背中のうしろに『朝日ジャーナル』の編集部があった。朝日新聞社に通って、いまはなき『アサヒグラフ』のレイアウト・デザインを担当していた。作業用のデスクがあり、その席につくと、すぐうしろが隣り合わせた『朝日ジャーナル』の編集部で、編集長は筑紫哲也さん。〈新人類の旗手たち〉という連載が印象的だった。たとえば、野田秀樹さんのインタビューを興味深く読んだ。

ぼくが行く曜日は、真うしろの席に荒俣宏さんがいた。〈新人類〉などにはおよそ関係なく、編集部の隅の席で背を丸め、希少な図鑑や版画をひもといて原稿を書いていらした。荒俣さんは稀覯本の数々をデパートの紙袋に無造作に入れて持ち歩いているようで、それが、神保町小僧であったぼくの目にいかにも眩しく格好よく映った。〈北沢書店〉のガラスケースの中に飾られているような、とびきりすごい本ばかりだった。

あのとき荒俣さんは、おそらく図版に添えるキャプションを書いていたのだと思う。原稿用紙はペラで、ぼくが座ったデスクの周辺にも、いや、編集局のすべてのデスクのあちらこちらに、升目がグレーで刷られた朝日新聞社専用半ペラ原稿用紙が散らばっていた。どこにいても手を伸ばせばB5サイズのペラがあり、編集者、記者、ライター、カメラマン、デザイナーその他諸々の誰もが否応なくペラを利用していた。

さて、ここのところ大学の講師になりすましていたので、師走の二文字にぞっとする。走りながら食事をして走りながら打ち合わせをして走りながら原稿を書く。走りながら書くことを「走り書き」というが（噓）、ペラはこれにうってつけである。書いて書き損じて丸めて放り投げる。これが絵になるのはペラだけだ。そして、いいですか皆さん、新聞社のデスクでは本当に記者の方々が絵に描いたように原稿を丸めて放り出していました。

先生になりすました際、学生たち――は二十歳くらいか――に「ペラを知ってる？」と訊くと、「知りません」と即答。そうか、平成の新人類はペラを知らんのか。授業そっちのけで「ペラとは」と解説。通常の原稿用紙が一枚二十字×二十行であるのに対し、ペラはその半分＝一枚二十字×十行で二百文字。ツイッターの百四十文字より六十文字多く書ける。つぶやきにもうひと声加えたサイズ。つい、本音が加わってしまうサイズだ。

というわけで、この原稿も走りながらペラで走り書きしている。大いに丸めて放り出しながら二百字以内を厳守して書き連ねる。一枚が師走の「フキダシ」ひとつ分という体裁。シノゴノ言ってる場合ではない。ペラで書くとスピード感が出ていい。江戸っ子はペラでしょう。ペラで充分ですよ、てやんでい――てなことをつぶやいているうち、KD書房新社での打ち合わせの時間が迫る。ただいま地下鉄に乗車中。走りながら書いている。

KD書房新社の会議室は、千駄ヶ谷の国立競技場が窓の外に見えてじつに晴れ晴れとする。そこへ作家の中沢けいさんが大学から走っていらっしゃった。中沢さんは本物の先生ですから、これぞ本物の師走なり。来春上梓される中沢さんの三十年にわたる書評の集大成=全七百二十頁（予定）の装幀を担当することに。真っ白の束見本を手にし、その重み、その背幅の豊かさに感嘆。ペラに換算したら、はたして何万枚になるか。

中沢さんはぼくが高校生のときから作家でいらっしゃる。本について、造本装幀に関する技術的な事柄にも通じ、常に勉強をされている。印刷や製本の現状や、電子書籍からリトル・プレスに至るまで、現場で起きていることをよく御存知でした。教わること多々。

「いま、ぼくたちは本棚の本をつくっています」とお話ししたら、興味深そうに聞いてくださった。この企画、うまくいくだろうかと懸念されていたが、俄然、自信を持つ。

その本は『おかしな本棚』というタイトルで、やはり春の上梓を目指している。本棚に並んだ本をそのまま、基本的には本の背中だけを写真で見せてゆく。表紙はほとんど見せない。「本の本」としてはもしかして前代未聞か。しかしです、本との出会いは書店・古書店での背中との出会いにほかならず、背中を眺めて背文字を読んでその奥にあるものを推察する。背中を持たない電子書籍に対し、ささやかながら背中で抗する思い。

打ち合わせを終えて渋谷へ。公園通り〈P〉の地下にある書店に寄ると、〈P〉のクリスマス用ポスターに唐十郎氏がサンタクロースに扮して登場。こんなときでさえ、唐さんはどこか不敵な印象である。終演後の舞台挨拶で座長の目に宿る光にいつも驚く。こんなふうに輝く瞳があるのか。不敵で詩的でどこか恐い。なんとなく靄《もや》がかかっているような。もっとも、サンタクロースは詩的であると同時に恐ろしい。泥棒と紙一重である。

立ち寄った書店で買った本。『ひとりぼっち』クリストフ・シャブデ、『本は、これから』池澤夏樹 編、『四人の申し分なき重罪人』G・K・チェスタトン、『オリクスとクレイク』マーガレット・アトウッド、『そうはいかない』佐野洋子。ゆっくり吟味している時間がなく、勘が頼りの選択。最近、装幀を担当した新刊――『木暮荘物語』三浦しをん、『季節風 春』重松清など――の書店での見栄えを確認して走って帰宅。

「本棚の本」を制作中のため、家の中が本で混乱する中、自著を含む数冊の新しい本をつくる。HK書房の『不可能、不確定、不完全』ジェイムズ・D・スタインは不可能=出来ないを証明する数学の書。面白い。依頼から締め切りまで一週間しかないけれど、面白い本なのでお引き受けする。KD社からは青木奈緒さんの随筆『女三代・幸田家のきもの(仮)』。奈緒さんからお葉書をいただき大変恐縮する。

大学へ。講評の日。二カ月半にわたって学生たちとつくってきた「透明人間」をテーマとした作品の発表。ぼくも相方も見守ってきただけで何もしていない。生徒のプレゼンに何回かダメ出しをしたのみ。最終的な仕上げは講評に際して点検する。今年の生徒は一見、飄々としているが、なかなか挑戦的で頼もしい。発表のスペースが決められているのに、あえて、そのスペースの外——ギャラリー・ホールのエントランスに作品を設置した。

設置したのは「透明人間の診療所」だ。透明人間が暮らす世界に「あらわれ病」なる病が流行し、その病にかかると透明度が脅かされて不透明化=見えてしまう。診療所には新型ウイルスを退治する薬が準備され、「あらわれ病に注意せよ」といったポスターが貼られている。エントランスをそのまま診療所に見立て、診療所の受付や待合室のソファ、診察室の寝台、戸棚、医師のデスクなどが「見えかかった状態」でつくられた。

本来、透明であるものが不透明化してしまうことで、透明人間のみならず彼らの世界の物質までが我々の世界に覗き見える——という設定。透明人間はサンタクロースに似て、詩的ではあるが冷え冷えとした恐さを備えている。そうあるべきだと考え、生徒たちには「見えないけれど見える、見えたり見えなかったりするものをつくって欲しい」と難題をふっかけた。この手の難題を突破するには上質のユーモアが必須であるが、さて——。

彼らの答えはこうだった。設置した作品＝診療所を、観客の様子を見計らって撤収してしまう。撤収のためのスペースをひそかに確保し、ちょっとした隙に速やかに運び込む。観客はエントランスに仕組まれた診療所を体験したのち、他の作品を鑑賞して再びエントランスに戻ってくる。すると、さっきまでそこにあった診療所が丸ごと消えているのを発見する。なるほど、見えたり見えなかったりする作品である。見事なり。

学生の作品に高いクオリティは求めない。アイディアが面白く、それをかたちにする過程で悶々とし、悶々とした挙句に、あっけらかんと表現してくれたら言うことない。今年の生徒は、それをクリアしたように見えた。ときどき、先生ぶったことを言わなければならない場面もあったが、彼らから教わることの方が多かった。ありがとう。デザインの仕事も書く仕事も部屋にこもりがちなので、学生と時間を共有するのは大変刺激になる。

学生といえば、この半年あまりコツコツと手がけてきた作業のひとつに、高校の国語の教科書の仕事がある。表紙はもちろん、すべての頁をデザインしている。散々、学校をサボってきた自分が、大学の講師をしたり高校の教科書をつくったりしていいものか。生徒に「先生の昔のインタビューを読んでいたら、先生にはなりたくない、常に生徒でいたいと言ってました」と鋭く突っ込まれた。おっしゃるとおり。すみません。

某大学の試験問題に拙著の一部が使用され、来年度の試験問題集に収録したい——という依頼。某大学で講演をして、その大学をイメージした小説を書いてください——という依頼。SG館が発行している教員向けの専門誌で、「想像力で絵を描く楽しみ」を子供たちにレッスンしてほしい——という依頼。どれも向こう側に生徒がいて、だから、こちらが先生であるという単純な話ではないが、なんだかやはり、すみません、だ。

師なんて柄じゃない。生徒でありたい。が、師走は師のように走らないと間に合わない。仕事もするけれど歌舞伎見物も欠かせない。駆け込みで尾上菊之助丈を観に行く。極楽なり。菊之助の女方に見惚れた。所作とセリフまわしのいちいちに陶然となる。いまも自分の中に居座っているだろう一九八四年・二十二歳の自分は、現在の自分——歌舞伎の見物に通う自分をどう見るか。二十二歳の自分は状況劇場と夢の遊眠社に心酔していた。

なんだかアカデミックになりやがって、と二十二歳は言うだろう。いや違う、と反論したいがうまく言えない。ただ、本当はこうではないか。自分には歌舞伎好きだった曾祖父の血が流れ、そいつが唐十郎の芝居に触れて一気に騒ぎ始めた。その証拠に歌舞伎を観れば観るほど、テント芝居の興奮が甦る。上方からやって来た曾祖父が好んだのは、おそらく道行きものであろう。思えば、唐作品の多くは道行きではなかろうか。

十二月の恐ろしさは、先へ行けば行くほど時間が早く過ぎてゆくこと。「年内中に」という悪魔の呪文があちらこちらから聞こえてくる。こうしてペラを駆使しても、高速で迫ってくる締め切りに間に合わない。国語の教科書も大きな仕事だが、もうひとつ、SE社の『戦争と文学』なる大きな企画のアート・ディレクションを担当している。内容見本用のダミーの制作に追われている。装幀用の資材が次々と廃止されているようだ。困った。

TM書店の連載小説を締め切りギリギリで入稿。AH新聞出版の来春発売のムックにて「誌上パン屋」を開店する打ち合わせ。誌上のみならず、リアルショップで販売できないものかと模索。つづいて『おかしな本棚』の撮影と台割りのつくりなおし。深夜にプレミア・リーグ観戦。翌日、近所の蕎麦屋にて片岡まみこさんの誕生日を祝い、本連載＝『木挽町月光夜咄』のイラストを依頼。ペラの原稿用紙の絵を彫っていただくことに。

本当に、これまで装幀で使ってきた紙が使えなくなっている。本はどうなってゆくのか。このままだと初版と同じ資材で重版が出来なくなる。決まりきった紙しか使えなくなる。皆がネットの世界にうつつを抜かしているうちに、リアルな紙の本の世界は皆が想像している以上に窮屈なことになっている。いつまでもあると思うな。商店街の行きつけの店がある日突然消えてしまうのと同じである。どうすればいいのか。自分に何が出来るか。

とりあえず、いい本をつくるしかない。入稿予定表をつくる。驚いたことに『銀座百点』から連載の依頼。本当に四十八歳で連載の依頼が来た。「字」について書く。題して

『うかんむりのこども』。母から電話。ブルーレイ・ディスクについて延々と説明する羽目に。疲れたので、元気を出すため『植草甚一日記』を読む。『青春怪談／獅子文六』を読む。『深夜食堂』のDVDを観る。『TV見仏記』のDVDを観る。チャーシューを煮る。

ミスチルの新譜聴く。MGハウスとKD社の打ち合わせは来年に延期。しかし、Lクラブの連載をまとめた小泉今日子さん『小雨日記』の装幀プレゼンは、都内某所にて著者御本人に直接見ていただくことに。相方と二人、おずおずと名刺を差し出したところ、「小泉です」と男前な小泉さん。装幀は無事気に入っていただき、ほっとして相方ともども空腹を覚える。本当は仕事場へ走る予定だったが、T大裏の秘密のおでん屋にて遅い晩飯。

大根、バクダン、せり、さつま揚げ、しらたき、ロール・キャベツ、じゃがいも。なにこれ、うまい。穴子の揚げだし。うまい。おむすびと白菜の漬物とお吸い物。うまくて涙が出る。おでんの汁がペラの原稿用紙にこぼれて字がにじんだ。丸めて放り出したようなこれら二百文字の連なりは、不敵なサンタクロースが子供たちの靴下に詰めたあわただしいプレゼントか。はたまた、師走の走り去る風景に添えた走り書きのキャプションか。

眼鏡

今回も師走を走り抜けるペラ原稿の走り書きを継続し、走り抜けて新しい年を迎えると、平成が二十三歳になっていた。ちょうど、ペラ原稿の中で二十二歳の自分をなぞっていたところだったが、ひと息ついているあいだに平成に追い抜かれた。そういえば、平成が始まった日の静けさをよく覚えている。一月の八日だった。師走を走り抜けて七草粥をすった翌朝に平成となり、ぼくは新宿へ出かけて、はじめて眼鏡を誂えた。

本の読み過ぎだった。まだパソコンを使っていない。本を読むこと以外に目を駆使することはなく、あきらかに本の読み過ぎで、読んでいる本の文字がかすみ始めていた。いつかそうなるだろうと観念していたが、とうとう眼鏡をつくるときがきた。眼鏡？　自分が眼鏡をかける？　いかにもしっくりこない。でも、つくらないと。イヤだな、何かに依存するのはなるべく避けたい——なんて格好つけても、アンタ、見えなくなってますから。

いつ、つくるか？　師走は仕事が忙しくて眼鏡をつくる間もなかった。しかし、不意の休日が昭和の終わり＝平成の始まりによって訪れた。街は喪に服し、騒音とネオンが排され、開店休業モードのきわめて控え目な、シャッターを半開きにしたような感じで色を消していた。あえて新宿に行ったのは、色の消え具合を——あの極彩色の街がどんなふうに色を消しているのか、眼鏡をかける前の素の目玉に焼き付けておきたかったからだ。

だから、いまも焼き付いている。歌舞伎町を靖国通りごしに眺める界隈を歩いたが、きれいさっぱり色と音が抜かれていた。映画でよくあるように、色温度を操作し、きわめてモノクロに近づけた上でわずかに色をのせたようだった。路上のゴミすら色を抜かれ、音に至ってはまったくの無音。カラスしかいない早朝であればそんな瞬間もあるだろうが、すでに昼を過ぎ、半開き風とはいえ、多くの店が営業中だった。

それは眼鏡を誂えるのに、うってつけの日だった。こんな静かな日は眼鏡でも買いに行こう――というような日だった。決して暗い日ではなかった。もちろん明るくもなかった。すべてが平熱の空気に浸されていて、あってないような日、いまから思うと、昭和と平成の谷間にできた、ほんの半日ばかりの真空のような時空間だった。そこで何をするのか。眼鏡を買おう。そうだ、いましかない、と実行に移した。

このとき、自分は二十六歳だった。仕事から帰ってくると、毎日、こたつで小説を書いていた。「博物館に暮らす家族の物語」のエピソードのひとつ＝劇場の地下の円形テーブルがあるカフェの話。これは、のちのち別の小説のエピソードとして陽の目を見たが、掘り起こしたのは眼鏡を誂えた頃だ。新宿で劇場といえば、新宿のど真ん中、紀伊國屋書店の本店四階に紀伊國屋ホールがある。ここで芝居を観たのは『怪盗乱魔』が最初だったか――。

そのときはまだ二十歳だった。さっきまで二十六歳だったのに何だか目まぐるしいが、『怪盗乱魔』は初めて観た野田秀樹＝夢の遊眠社の芝居で、野田さんの芝居では二十歳と二十六歳と四十八歳なんてものは一瞬で往き来する。時間も空間も言葉ひとつで自在に入れ替わる。役者が早変わりで何役もこなすのは歌舞伎にもよくあるが、遊眠社の芝居では人のみならず、時空ごと早変わりを繰り返した。知的な手品を観るようだった。

この舞台は主役の沖田総司を伊藤蘭さんが演じ、沖田は舞台の下手に置かれた巨大な釜の中から登場した。人を呑み込むほどデカいこの釜は時空を超える登場人物たちのタイムマシーンのようなもので、釜を平仮名に開いて「かま」と書き、その「かま」の中、すなわち「か」と「ま」のあいだに「伊藤蘭＝いとうらん」を書き入れると「かいとうらんま＝怪盗乱魔」となる。しかもそれはまったくの偶然だと戯曲の端書きに書かれていた。

くらくらした。目まぐるしく目がまわるようで、目をしばしばさせていると、舞台の上で野田さん演じる吉田松蔭が、「きれいな目が見たいよう」とあるはずのない幻を追った。このとき、この「きれいな目」、いや、もっと端折って「目」だ。「目」と呼ばれたものが、どういうわけかズシンと胸にこたえ——弱冠二十歳である——それからまったくもって幻を追うように「目だ」「すべては目なんだ」と譫言《うわごと》が始まった。

当時、二十歳の日記は「目玉日記」と称したいようなものだった。「すべては目であり、いかにして、きれいな目を維持できるか」などと青臭いことを毎日書いた。そろそろ世に出て働かなくては、というところで、世の薄汚さが見えてきたのか、まだ眼鏡をかけていない素の両眼は敏感に何かを察知し、案の定、万事休す、右も左もみるみる汚れてゆき、一瞬のように過ぎた六年後に昭和が終わって、静かに眼鏡を誂えた。

ところで、劇場の地下の話に戻ると、紀伊國屋ホールの地下にあたるところには紀伊國屋画廊があり、ここで十五年後の自分が展覧会を開くことになろうとは夢にも思わず、二十歳の自分は遊眠社の当日券の行列に並び、のちの自分＝三十五歳になった自分は画廊の中から行列を眺め、あ、自分は昔はあそこに居たと懐かしんだ。いまはそこからさらに十三年が経ち、ペラの原稿用紙を何枚も丸めて書きなおしながら、さらなる昔を探っている。

さらなる昔のこと。曾祖父・吉田音吉は、江戸ではなく上方のどこかの町で、年号が明治にあらたまる日を経験したはずである。いくつかの聞き書きをつなぎ合わせるとそういうことになる。やはり、その日は静かな日だったろうか。ぼくがあの日、静かに決意したのは眼鏡を買うことだったが、その日、音吉が決意したのは、これから始まる新しい時代を新しい東の都で生きてゆこうという大それたものだった。

どうしてそんなことを思い立ったか、ひいじいさん。時代の変わり目に騒いだアンタの血がぼくにも流れ――いや、だいぶ薄まったとは思いますが――年号が改まったあの静かな新宿で、「きれいな目が見たいよう」とばかりに眼鏡をつくった。初めて眼鏡をかけた感想は「アスファルトがきれい」。枯葉がきれい。ゴミがきれい。朽ちて汚れて路上でへたばったようなものから順にきれいだった。薄汚れたものを仔細に観察できる面白さだ。

「トバにね」と母がいきなり言った。「トバ?」「バクチの」「ああ、賭場ね」「最初はそういうところで鮨を売ったとか」「ほう」「まぁ、音吉さんも好きだったんでしょ、博打が」「うんうん」「だから、最初はそんな風だったんじゃないの。店を持つのはだいぶしてからじゃないかしら」「まぁ、そうだろうね。じゃあ、博打で儲けて店を開いたのか。なんだかなぁ」「遊びながら仕事してたんでしょ」「耳が痛いね」「そういえば、友吉さんも――」

友吉というのは、音吉の長男で明治十三年の生まれ。ぼくの祖父だが、この人になると、詳細不明の音吉と違って、さまざまな逸話が残されている。その顔も写真で知っている。この人がなにしろ〈音鮨〉を継がなかった。祖父が継いでいれば存続した可能性があったのに、祖父は鮨より酒が好きだった。利き酒が得意で、子供のときから酒の味を覚え（まぁ、家が鮨屋だったわけですから）、死ぬまで酒の銘柄と味にうるさかった。

家業を継がずに新川の酒問屋で働いていたが、明治三十七年、二十四歳のときに日露戦争が勃発。陸軍の一兵卒として、乃木大将の率いる第三軍に召集された。二百三高地攻撃の決死隊に選ばれ、突撃の途中で砲弾の破片が左足の付け根に当たり負傷——とここまで書いて思い当たったが、このとき決定的な致命傷を負っていたら、いまのぼくはいない。幸い左足負傷のみで勝利して凱旋し、「二百三高地決死隊の生き残り」と英雄扱いされた。

木挽町は祖父の凱旋で大騒ぎになったらしい。何度も繰り返された祖父のとっておきの自慢話である。が、凱旋後はいい気になって、連日、飲み歩いて家にも帰らなかった。金がなくなると夜おそくに〈音鮨〉へあらわれ、というのは、この頃になると〈音鮨〉は銀座の真ん中に支店ができ、音吉は木挽町の店からそちらへ出向くことが多かった。その留守を見はからって祖父はあらわれ、飲み代を持ち出したという。

この無類の酒好きの血は父に引き継がれた。父は銘柄にはこだわらなかったが、誰かと一緒に飲む楽しい酒を好んだ。しかし、ぼくは酒が飲めない。ひと口ふた口ばかり味わうのはいいが、二杯、三杯と飲んだら、たちまち真っ赤になって、足の裏がくすぐったくなる。そのうち気分が悪くなる。母もそうだから、酒については幸か不幸か母の血が勝った。「お酒と博打と――もうひとつあるでしょ」と母が言う。え？　そっちも？

祖父は大正二年に結婚したが、一男一女がうまれたところで、震災をはさむ六年間、家を出たまま行方不明になった。お妾さんと暮らしていたのである。こちらの英雄譚は凱旋後に語られなかったので（それはそうだろう）詳しくは誰も知らない。やってくれるよ、おじいさん。しかも、これで懲りたわけではなく、伯父の記憶によれば、それからもしばしば、ひと月もふた月も家を空けることがあったとか。本当に家に居着かない人だ。

外出するときに、洒落た服に身を包み、当時珍しかったボタンで留める赤革の上等な靴を履くと、友吉の妻（祖母である）は「あの格好で出かけると、また、五日、六日は帰ってこないよ」と予言した。百発百中そのとおりだった。わかりやすい人だ。が、こうしたことは長くつづかない。昭和十四年、祖父は出先で脳出血に倒れ、人力車で運ばれて帰宅し、以降、十三年間にわたって寝たきりの生活となった。家に居着かなかった人が――。

祖父の顔を写真で見たと書いたが、祖父は曾祖父・音吉に似ていたらしい。祖父の写真を見る限り、その顔は父に似ており、多くの人がぼくの顔を見て、「お父さんそっくり」と言う。ということは、ぼくは音吉に似ていることになる。父は眼鏡をかけていたから、平成元年にぼくが眼鏡をかけ始めると、「なおさらそっくり」と言われた。ぼく自身は、顔はともかくとして、歳をとるごとに妙なものが似てきたのに気づいた。

ちょっとしたひとりごとのようなもの。つぶやいている自分の声が父の声に聞こえる。投げ出した自分の足が父の足そっくりで、あるいは「おーい」と誰かを呼ぶとき、がっかりして肩を落とす肩のラインなど、まぁ、がっかりした肩なんて自分で見たことはないのだが、そこに間違いなく父が立ち上がっている。歳をとるごとに増えてゆくので、先行き恐ろしい。「いや、しかしさぁ」と父を振り払って母に訊いた。

「どうして木挽町なんていい場所に店を持てたのかね？　だって、上方からやって来た男がだよ、なんでまた木挽町のあんないい場所に――」「あら、そうじゃないわよ」と母。「昔はね、冷蔵庫なんてものはないんだから、鮨屋は大抵、河岸から遠くないところにあったんじゃない？　ただそれだけのことでしょう」え？　この母の謎解きにより、これまでおぼろげに醸成されつつあった音吉の物語から瞬時に色が抜かれてしまった。

ああ、そうか、とがっかり肩を落とす。ぼくの目は何を見ていたのか。体重を減らしてあの頃の自分に戻ろうとしても、アンタ、目が戻りませんよ。キレイだったかどうか知らないけれど、まだ充血を知らなかった自分の目には戻れません。本当に酷使したからなぁ。見て読んで書いて描いて、目を使わないときがなかった。近眼が進み、そこへ老眼が加わって久しい。本物の疲れきった目だ。こんな目で何をどう見きわめられるのか。

明日、新しい眼鏡を買いに新宿へ行こう。二十歳と二十六歳と三十五歳と四十八歳の四人で。そして、新しい眼鏡に掛け替えたら、二十歳と二十六歳と三十五歳にはひとまず消えていただく。もとより、半生記を書きたいわけではない。ここまで携えてきたあれこれを、ひととおり点検したら、さぁもういいよ、と解放したい。じゃないと、鏡にうつる自分の顔が自分の顔ではないみたいだ。その見きわめくらいは、自前の目で通したい。

本棚

このところ、『おかしな本棚』という本を書いている。本棚の本である。うちの本棚に並んだ本の背表紙を撮影し、本の背中を眺めながら思い出されること、その本を見つけたときのこと、読んで考えたこと、まだ読んではいないけれど、どんな本であろうかと考えたこと、読んだけれど忘れてしまった本、すでに本棚にはない本、まだ本棚にはない本——等々、思いつくまま即興的に書いている。

即興的に、と明記しなくても、基本的に文章を書くことは即興的で、書くことの面白さは、即興的な態度で臨んだときに、はたしてどんな言葉やイメージが引き起こされるかを、驚いたり呆れたり感心したりすることに尽きる。書きながら、読み手の側に立ってコントロールしたり、書き手に戻って好き勝手をしたり、瞬間瞬間で行ったり来たりして紡いでゆく。

これは、楽器でアドリブ・パートを弾いているときの頭の中に似ている。自由に弾いてはいるけれど、楽譜の約束事もあるし、没頭しながらどこかで冷静に編集している。ただし、編集が過ぎると、予定調和的なものにしかならない。自由に溺れるとただのデタラメに終わってしまう。思いがけないけれど、自分の中から出るべくして出てきた音がいちばん重宝される。

本棚の本を書き始めて、まったく予期せずに飛び出てきた即興は、「三年前に原因不明のめまいに襲われた」と書いたことだった。いつか書くだろうと思ってはいたが、書くときはそれなりに準備をして——と予習していたのに、手が勝手にさらりと書いた。いや、めまいのことをこれまでまったく書かなかったわけではない。昨年だったか、マガジンハウスの『クロワッサン』に少しだけ、ほんのさわりだけ書いた。『病気自慢』なるリレーエッセイのコーナーで、かいつまんだものをさらにかいつまんで、それなりに気楽に読めるものとして書いた。

が、実際に起きたことは決して気楽なものではなかった。

気楽ではないので、しばらくは思い出したくなかったし、冷静に編集することも出来なかった。書けば、またあのときの酩酊が戻ってくるのではないかと恐れていた。

しかし、手が勝手に書いた。いまも、こうして手が勝手に書いている。書いてしまえ、と手が先走っている。

先走って「酩酊」と書いたが、ぼくは酒が飲めないので、下戸なりの酩酊しか経験がない。下戸なりの酩酊とは、ビールをコップに一杯飲むか飲まないかという程度で、ゆるゆると感覚がやわらかくなり、わずかな浮遊感を覚えて、心もとない感じに持っていかれる。「めまい」と呼ぶしかないその状態は、その心もとない感じに似て、しっかりした足場の上にいるのに明らかに浮遊しているとしか思えない。

そのきっかけは気を失ったことだったが、では、どうして気を失ったのか――。

本棚の整理をしていたのだ。

これは少し比喩的な意味合いを含んでいる。言葉どおりに本棚の整理――日々、絶えず増殖してゆく本を整理して本棚におさめ、不要な本をひとまとめにしたり、目前の仕事に必要な本もひとまとめにしたり――といった作業を指しているが、事は本に限らず、結局、生きてゆくということは、増殖しては混沌としてゆくものとの限りない戦いである。自分の欲望の結果、欲望を満たしたツケ、さらには欲望の上にあぐらをかいた怠惰のツケといったものが、とんでもない速さで増殖してゆく。本棚はその象徴、混沌の堆積場である。

でも、こうした厄介な混沌を整理してゆくのが自分は得意で、デザイナーの肩書きのもとに仕事をしているのも、自分の得意とする役割のひとつは混沌の整理であると自覚してのことだ。

しかしです。

三年前の混沌は——いまも大して変わらないけれど——混沌を把握するための糸口がまったく見つからなかった。部屋中にモノがあふれ、どこに何があるのか、せっかく買った本も読みたいときに見つからず、結局、同じ本を何冊も買って、さらに混沌がひどいことになっていた。

そいつをある日思い立って、えいや、とばかりに整え始めたのだが、整ってくるほどに自分がこれまで積み重ねてきた欲望のあれこれが詳らかになってくる。にわかに息苦しくなってきた。本が詰まった段ボール箱を右へやったり左へやったりしたので腰も痛くなり、嫌な汗をかき、さらにはその汗が冷えて、暑いような寒いような、心身ともにダメージを受けた感じがあった。

三日続け、三日目にとうとう力尽きた。青息吐息。青い息を吐きながら早めに床に就き、しかし、夢の中でも本棚を整理していた。浅い眠りだった。眠ったのかどうかわからない状態で目覚め、すぐにシャワーを浴び、そして浴室から出てきたところで、いきなり腰に激痛が走った。

腰をさすりながら、なんとか台所の椅子に辿り着き、やれやれとひと息つこうとしたものの、追い討ちのようにさらなる激痛が。やにわに喉がかわき、なにしろ台所にいるのだから、水道の蛇口は目前である。が、立ち上がれなかった。それどころか、「水」と叫びながら台所のテーブルに突っ伏し、みるみる頭から血の気が引いて視界が狭くなっていった。

「あっ」と、ひとこと言ったかどうか——。

これにて気を失った。ブラックアウトした。

このとき、一瞬の夢のようなものを見た。何を書きたいかというと、これを書きたかった。

それは夜に見る夢よりずっと生々しく、脳内の映像が濡れて震えてこちらの触感に訴えてきた。ざわざわ、と表現するしかないノイズが耳もとにあり、薄いカーテンによって窓の光が遮られた小さな部屋に自分は立っていた。

カーテンが自分の体に触れるようであったり、かと思うと遠くに離れていったり、鼓動するように空間が伸び縮みして、それに応じて部屋を充たす光も明るくなったり暗くなったりした。

部屋の空気全体がセピア色にくすんでいた。そんな色をしているのに大変すがすがしく、意外にも深呼吸をしたくなるような澄んだ空気である。が、部屋の様子は絶えず手持ちカメラの映像がぶれて乱れたときのようで、結果として、気持ちの良さと悪さが混在し、どうしていいかわからなくてもどかしかった。

それでも部屋を観察しながら、これは小説に書こう、と考えていた。よく見ておこう。さぁ、見ろ。何かあるぞ。部屋の隅に何かある。

本棚だった。

きれいに整理された本棚。しかし、そこに並んだ本の背表紙までは確認できない。近づきたくても体が動かない。

為す術もなくしばらく立ち尽くしていたら、背後のようにも前方のようにも感じられるあさっての方角から、誰かが——誰だろうか、誰だか知らないがたしかに男だ——焦げ茶色の背広を来たその男がぼくの体に手をかけ、さぁ、何をするのか、ここはどこなのだ、自分をどうしようというのだ、と身構えると、おもむろに男はぼくの体を揺さぶり始めた。しかし、自分の体はまったく力がはいらず、首が据わらなくて頭が重い。自然と後ろへ引っ張られた。

がくんとそのまま首が床に落ちるのではないか——と思った瞬間、耳もとで相方（妻）

が「109、109」と切羽詰まった声でつぶやいていた。

目が覚めた。

覚めた、というより、自分のもと居た位置に戻ってきたみたいで、耳が詰まっていたのが通ったときのような、クリックひとつで画面が更新されたような感じがした。

覚めた頭が知覚したのは、相方がぼくの背中を支え、支えたまま電話の受話器を取ろうとしていたところだった。手が届かず、あとで相方が言うには、救急車を呼ぼうとしたが、119番ではなく、咄嗟に頭に浮かんだのは109だったらしい。

アンタ、それは渋谷のファッションビルでしょ、と突っ込みたくてぼくは目が覚めた。

相方は動転しており、ぼくが「水」と叫んだので台所へ駆けつけたところ、椅子に背をもたせかけてそのまま後ろへ倒れ込みそうになっていたという。それをなんとか支えて持ちこたえたら、

「いびきをかき始めたのよ」

あ、そうそう、夢を見てたんだよ、と言いながら寝台までなんとか歩き、そのまま横になって息を整えた。たったいまの夢の感触が、それに触れたように、まだ体に残っていた。

「どのくらいの時間？」と訊いたら、

「五分」と相方が言ったのが信じられなかった。

短い夢ではあったけれど、そんなものだったか。目覚めてみれば、腰は痛いし、喉はかわいているし、血の気が引いて呼吸も乱れて手が痺れている。このままだと、また意識が遠のくかもしれない――と冷や汗が出てきて、じゃあやっぱり救急車を呼ぼうかということになって、今度は相方が冷静に119番を呼んだ。

＊

人生初の担架は空が曇っていた。玄関から救急車までの十五秒くらいのことだ。救急隊が差し出した三百円のビニール傘に小雨がパチパチ当たっていた。

考えてみると、人はこんなことでもない限り、仰向けになって移動したりしない。視界がすべて空のまま移動するなんてめったにない。もし、今後の人生で、どこか屋外の競技場か何かで歓喜の優勝を果たし、いきおい胴上げされるようなことでもあったら（あるわけない）、そのときも視界のすべてが空になるだろう。ただし、移動は上下運動で、やはり水平の移動は担架で運ばれるに限る。

意識を失っていないので、救急車の天井を眺め、病院に到着したところでまた空を少し見た。雨粒が頬に当たりながら院内にはいり、運び込まれた救急処置室の天井を仰いでいると、大きなマスクをした女性のドクターの顔が「大丈夫ですか」とフレームインしてきた。

体温、血圧、脈拍その他諸々が即座に調べられ、特に問題なし、すべて正常値。ドクターが携帯電話で誰か別の医師と話し、他にすべきことはないかと確認していた。

それからは、頭の中に病院の見取り図が描けるほど、車椅子にのせられてあちらへこちらへ。検査に次ぐ検査で、そのうち腹も空いてきた。気の毒に、付き添っている相方もりんごジュースしか飲んでいないようだ。腹が空けば、至って健康の証しではないかと安心していたが、一応念のためにと、レントゲン、心電図、血液検査と果てしなく病院の廊下を行ったり来たりした。その結果——、

「疲れたんでしょう」

マスクを外したものすごい美人（相方いわく）のドクターが結論を下した。

ええ、そうなんですよ、本棚の整理があまりに大変で——とは言えず、はい、仕事がむにゃむにゃでして、と曖昧に答えた。

このとき自分は四つの長編小説を同時に連載中で、そこへ本棚の整理が上乗せされ、もちろん相方と共にデザインの仕事もこなしていた。

「入院の必要はないですね」

では、これで晴れて解放。

せっかくものすごい美人ドクターがかかりつけのドクターになるチャンスだったのに、すごすごと帰宅し、まぁ、大事に至らず何よりだよ、しかしそれにしてもあの先生、「あっ」って言っちゃうような美人先生だったよねぇ、とそればかり。

たぶん、こうした言動を空から観察していた我が神様は（天にいますよ、おそらく）「こいつ、わかっとらんなぁ」と御立腹されて、さぁここからです——。

翌朝、目覚めると体が浮遊していた。

酒を飲んだわけでもないのに酩酊しており、横になっても酔いは消えず、立っていれば明白で、歩けば船に乗った心地。何だこれは、酩酊していないのだから、めまいだろうか。にしても、その浮遊感は経験がなかった。目がまわったことはある。そのときも過労だったが、そのときは天井が回っていた。

が、今回は天井は回っていない。天に問題はなく、地に足が着かない。そういえば、アンタの書く小説は地に足が着いてないよ、とさんざん言われてきたが、その報いだろうか。じゃあ、この際言いたいが、地に足が着かないと、本当に一歩も歩けないし、小説で言えば一行も前に進めなくなる。

「休みなさい、ってことでしょう」と相方の診断。

かくして、救急車で運ばれた病院の門を浮遊しながらふたたびくぐり、浮遊しながら待合室で目を閉じて待っていたら、「吉田さん、どうぞ」の声も浮遊して聞こえた。コンコン（ノック）失礼いたします、とおそるおそる診察室に入ってゆくと、

「あっ」

奇しくも、かの美人ドクターは循環器系が専門であられたため、神様の粋なはからいであったか、晴れて（とは言わないか）担当の先生に――。しかし、こちらはすでに地に足が着いていないのだから、どんな美人を前にしても同じこと。すべては浮遊しているため、視界が溶解し、相手の姿かたちをいちいち確かめる気力もなかった。

「ひととおり、調べてみましょう」

の声に「はい」と頷きたいが、そうするだけで頭がぐわらんぐわらんと音をたてそうだ。本当はそんなことにはならないのだが、なんとなくそうなりそうで、つまり、自分の「頭」に常に「フラジャイル・取扱い注意」のシールが貼られ、過剰に意識が頭へ向かってしまう。

小説を四つ同時に書き進めていると、自分でも自分の頭の中がいまどうなっているのかと思う。というか、頭が常に「創作脳」になっていて、結局、本棚が混沌とするのは自分の脳が混沌としているからにほかならなかった。

人は、鼻の穴の中は覗けるのに頭の中を見ることが出来ない。が、自分の興味と欲望に忠実に本を買ってきて棚に並べていれば、その本棚を見なおすことで、現在の自分の頭の中がどうなっているか、およその見当はつく。

よく言われるように、本棚は自分の頭の中だ。

それが混沌としていた。フラジャイルになっていた。収拾がつかなくなっていた。頭でっかちとはこれのこと。でっかくもない頭に、頭よりでかい欲望の結果を押し込むと、当然のように本棚は溢れかえって、ぱんぱんに膨らんだ頭は無駄に重くなる。支えきれなくなってフラフラしてくる。酩酊する。浮遊する。

そういうことか——と自己診断してみたが、美人先生は浮遊の霧の向こうから、

「とにかく、体を休ませてください」

と灯台のように目を光らせてそう言った。

本棚の話のつづき

　めまいの症状が出てから、あらためて脳と心臓を中心に精密検査を繰り返した。ふらふらしながら通院し、ＭＲＩによる脳の輪切り画像を見せられ、血流検査による脳の立体画像を見せられた。

「異常ないですね」と美人先生はパソコンのモニターに映し出された画像を示しながらおっしゃった。「大きな病気が隠れている可能性はないと思います」

「そうですか」

「過労ですね。どうぞゆっくりお休みください」

「そうですか」

異常がなかったのは何よりであるが、しかしそれでめまいが治ったわけではない。

病院からの帰り道、さて、いつ以来休みをとっていないのかと相方と記憶を辿ってみた。ところが、答えが出ない。土曜、日曜、祝日、盆、正月、ゴールデン・ウィーク、といずれも仕事をしてきた。毎年毎年。十年近く。ずっとそうだった。

「お互い、三百六十五日休みなし、といえばそうだけど」と相方。「まぁ、会社勤めしてたときのことを思えば、いまは毎日、遊んでるみたいなもんだからなぁ」

「遊びながら仕事をしてるっていうか——遊んでいても、すぐに仕事のアイディアを思いつくでしょう？」と相方。

「アイディアは遊んでるときに思いつくものだからね」

二人して沈黙。

「しかし、休みってなんだっけ？」

「体を休めるってことじゃないの？」と相方。

「いや、大して体なんか使ってないんだけど。一日じゅう椅子に座りっぱなしだし」

「じゃあ頭でしょ？　頭の使いすぎ」

「そういえば、眠っているときも原稿を書いたりデザインの指定をしてる。夢のような夢じゃないような」

「頭を休めればいいんじゃない？」

「ふうむ——」

頭を休めるにはどうすればいいのか。目を閉じれば目が休まる。布団に横たわれば体が休まる。まともな食事をすれば内臓も休まるだろう。だが、頭はどうすればいいのか。睡眠中でさえ、勝手に頭が働いている。

「普通はお酒とか飲むんじゃない？」

そうね。でも、下戸はどうするんだろう——などと話すあいだも延々とめまいに襲われていた。目を閉じても同じこと。立っても座っても横になっても——酒の酔いがそうであるように——事態は一向に変わらない。

「あのね」と相方。「とにかく、小説の連載はお休みをいただきましょう。皆さんにお願いして、デザインの方はわたしがやるから」

「ふうむ」

「無理でしょう、その状態じゃ」

たしかに。

病院から帰ってベッドに横になるとすぐに眠くなってきて、そのままうっと眠りはしたものの、三十分くらいですぐに目が覚めてしまう。やはり、頭が起きているらしい。相方が各方面に電話で事情を説明し、休載をお願いしている声が聞こえてきた。誠に申し訳ない。しかしどうにもならない。

人はその気になれば息でさえ止めることが出来るのに、脳の活動ばかりは自由に休めることが出来ない。相方の言うとおり、頭が勝手に何かを考えてしまうのを止められたら、少しは自分の何かが休まるんじゃないか。

電話を終えた相方が言った。

「皆さん、どうぞお大事に——って。この機会にどうぞお休みくださいって。有難いね」

それを聞いた途端、ああ、そうなんだ、じゃあ本当に休めるんだ——と思ったら、それまでとは比較にならない強烈な眠気がやって来た。「本当に有難いなぁ」の「なぁ」を言い終わらぬうちにストンと眠ってしまった(らしい)。

さぁ、それからである。

眠っても眠ってもまだ眠く、一体どうなっているのかというほど眠りつづけた。ただし、眠りながら頭が勝手に動いている感じはまだあり、だいぶ薄れたように思えたが、完全に熟睡しているとは言えなかった。それでも、結構いいのではないか、こんなに眠ったのはいつ以来だ、というくらいよく眠った。

が、目覚めて起き出し、立ち上がって歩き出すと、すぐにめまいに足もとをすくわれた。右へ左へ体が揺らぎ、横揺れの、震度二ぐらいの地震が止めどなくつづいているようだ。ひどくなると血の気が引いてきて、ああ、このままた気を失うかもしれない――とおそろしくなってくる。

ここが大事なポイントである。「おそろしい」と簡単な言葉で言ってしまうのが憚られる。「恐怖」と言うには大げさで、さて、何だろう、自分を自分たらしめているもの――そんなもの見たことありませんが――そいつがおびやかされ、そうか、人はこんなふうに意識を失って、ふと気づくとこの世にいなかったりするのか――あ、この世にいなかったら、気づくこともないのか。

父は、そんなふうに逝ってしまった。ある日突然に。父がそうだったのだから、自分にもそれは転写されるかもしれない。実際、歳をとるごとに、父の声色や仕草が自分に転写され――いや、そうではない。感覚としては、自分の内側の奥深いところから、水の底から浮上してくるみたいに、体の芯から皮膚の毛穴にまで到達し、DNAなのか何なのか、とにかく、血によって運ばれてきた何ものかが表にあらわれてくる。その血は父に流れ、祖父に流れ、曾祖父にも流れていた。

曾祖父である音吉がどのような臨終を迎えたか知らない。祖父は出先で倒れ、父は病院で倒れた。ぼくは台所で気を失ったが、そうした結びつきを、物書きの癖で無理矢理つなぎ、血筋による連鎖と捉え、その連鎖は大いに自分の恐怖心をあおる。

が、その一方で自分を戒め、いいかお前、死にたくないなら——まだこの世に未練があって、あそこへ行ったりあれを食ったり、誰かと笑ったり、まだまだ好きな音楽や落語を聴いて良い気分になりたいなら——いいかお前、生活習慣を改めよ。これまでは儲けものだった。好き放題にやって、何ら体に注意を払わず、ただデタラメにやってきたのに、大病もせず、骨一本折ることなく、丈夫に、気楽に、いい気なもんだよ、うらやましいよ、まったく。

だけど、おい。

ここから先はもうわからねえよ。

と、こうして書きながら、自分ではない誰かの声が聞こえてくる。それは父の声ではない。じゃあ誰だ。

夜中にひとりで書いていると、いや、書いていなくても、ただ考えているだけで、ときどきこうして誰かが乗り移ってくる。自分ではない者の声が腹の底からせり上がってくる。それが誰なのか知らないが、自分はいつでもその人に救われてきた。その人に導かれて——いや、導かれて、は正しくない。そんないいものではない。もっと下世話に「おい」

と背後から声をかけられ、「お前さぁ」と親しみのある威厳（デタラメな表現だ）を示される。

いまこうして書きながらも耳を澄ましているが、めまいがつづいた日々も、耳だけは澄ましていた。聞こえてくる声に従って、とにかく夜に偏りがちな生活を少しずつ朝や昼にシフトし、歩いたり走ったりが出来ないので簡単な体操をし、健全な食事をして、あとは念のために耳鼻科と眼科と歯医者にまで行ってひととおりチェックしてもらった。いずれも「異常なし」だった。

＊

診てもらうところがなくなった頃、「いいところがありますよ」と鍼《はり》を勧められ、中野の住宅街にある治療院にしばらく通った。週に一度、こんなところがまだ東京に残っているのかというような、昔の映画に出てくる長屋の片隅のようなたたずまいで安心出来た。

「そこへ横になってください」

言われるまま寝台にうつ伏せになると、目の前の壁に、人間を「ひと皮剝いた」状態にした人体構造図が貼り付けられていた。我々の皮の下にはもちろん肉や骨があると想像がつくが、そんなものはむしろ脇役である。その絵図面――この際、人体の地図と言ってしまいたい――には、信じ難い数の血管と神経が交叉していた。ただでさえ複雑怪奇な東京メトロ路線図を、さらにややっこしくしたような感じである。地下の地下の地下の地下にも路線はあって、そいつは鉄道ではなく神経――神が通う経なのである。

その人体メトロ地図を睨みながら、背中や首につぎつぎ鍼を打たれた。小柄だけどいかにも頑強そうな先生は、余計なことをいっさい口にせず、ぼくの体がどんなに緊張しているか、どんなに硬くなっているか、どんなに変形しているかをひとつひとつほぐしながら解説してくれた。

「どうして、こんなに緊張しているんでしょうねぇ」

さぁて。

「特に目が疲れてます」

たしかに目を休めている時間がほとんどなかった。

「鍼を打って、お灸もやってみましょう」

打たれた鍼は毛髪のように細く、しかし、その毛先が体の中の路線図に接続され、錆びた鉄路に油が注がれて滞留していたものが正常に動き出す――というのが、うつ伏せの妄想であった。

が、その緻密で複雑な路線図をひとたび見てしまったら、メンテナンスをしない方がおかしいし、こんなものを何十年も保てるわけがないと一目で理解した。そこでそうしてうつ伏せになるまで、自分の体の中を透視したさまざまなデジタル画像を見てきたのだが、自分の——という以前に、おい、人は誰でもこんなにややっこしいんだぜ、とあの声がそこで聞こえてきた。

真面目に働くのは結構なことでござんす。しかし、お前さんね、見なさいよ、この精密機械。これがお前さんの体の中だ。お前さんが働けば働くほど、このデリケートな機械がすり減ってゆく。表向きはいいかもしれんが、中を覗いたらぞっとする。どいつもこいつもロクなもんじゃない。いい仕事をしたとか、人を喜ばせたとか、賞賛に値するとか、そんなことを言われた奴ほど中身はぼろぼろだ。「働き盛り」なんておかしな言葉を噛み締めたりして。まぁ、働けばそれなりのものが得られるだろうし、続けることに意味があるっていうのも、昔から効き目のあるセリフだ。耳にすればついつい乗せられる。だけど、お前さん、もういいんじゃねぇか？　そのへんにしとけよ。欲張りなさんな。いやいや、アンタの負けず嫌いはよくよく承知でござんす。だから、あえて言いたい。ここらで足を止めろ、立ちどまってまわりをよく見ろ。ついでに曇りきった鏡を磨いて自分のツラもよおく眺めておけ。な？　歳をとったろ。だいぶ太った。お前、体重ひとつ計ったことがないだろう。そんなヒマはなかった？　おい。休まず働いてきたことを呑気に吹聴するな。みっともないぞ。ここで気づかないと、ここから先は真面目に働いた奴から順に使いものにならなくなる。見かけじゃないぞ。見かけはいきいきしていても、体の中身が追いつかなくなっている。いずれ、誰もが思い知るだろう。先んじて、お前に教えてやる。これ以上、走るな。やめちまえ。引き際をわきまえろ。

——という具合に「声」にお灸を据えられた。

これが結構効きました。

というか、なにしろこっちは「めまい」の輪っかを頭にはめられた悟空だったので、言ってみれば「正常な自分」を人質にとられている以上、犯人（ではないけれど）の要求を呑まないわけにいかない。素直に納得し、真面目に働くのはやめようと決め（じつは、真面目に働いたことなんて一度もありませんが）、鏡を磨き、自分はどうやら東京メトロ神の経シンケイ・ラインが一部不通状態になったのだと鏡に言い聞かせた。

初夏の台所で気を失い、異様に暑い夏の最中にふらふらと病院に通い、秋が始まると大学の講師の仕事が始まり（その年が初めてだった）、町のはずれで鍼を打たれてこっぴどく灸を据えられた。そして冬が始まったところで、相方の母から電話がかかってきた。

この間も、休み休み不真面目に働いたが、めまいは一日も休むことなく毎日きっちりあらわれていた。どうやらめまいの原因はシンケイが壊れたからじゃないかと義母に伝えると、後日、神経内科のいい病院を見つけたからそこへ行け、明日行け、さぁ早く、と下町のおっかさんらしくやたらと気が短い。え？　いい病院ってどこなんですか、え？　近所？　本当に？　え？　もう予約してある？

というわけで、初冬のある午後、言われたとおり下町にあるその医院を目指した。その日は特にめまいがひどく、しかしです、医院のそばにものすごくおいしい肉まんを売る店があるので、帰りに必ずそいつを買って帰ろうと頭の中はそればかり。大体、ぼくはそういうヤツで、子供のときから母親譲りの楽天的性格だった。

「なるほど」と下町の先生もおっしゃった。何か気を病むようなことはないものかと四方八方から検証してくださるのだが、答えれば答えるほど「ふうむ、そうですか」と原因が遠のいてゆく。先生はかすかに首をひねり、

「あのね、騙されたと思って――」

そうおっしゃった。騙されるのはイヤだけど、めまいが治るなら騙されてもいいや。話すうちに、じつに気さくな先生だとわかったが、眼鏡の奥の眼光がときどき鋭かった。宙を眺めてしばらくひとりごとを言って、それからどこからともなく小さな白い錠剤を取り出した。

「これね、吉田さんは半錠でいいでしょう。騙されたと思ってね――」

夕食後にわずか半錠。吹けば飛ぶような二ミリほどの白い粒で、しかし、こんなものが数カ月つづいためまいに効くはずがない。騙されたか。でも、まぁいい。おいしい肉まんを買って帰ろう――と気をとりなおし、いや、気をとりなおした肉まん屋の店先の湯気の中でもめまいがひどかった。それでもしっかり肉まんを抱えて無事に帰宅。参ったなぁ。せっかく行ったのに何も解決しなかった。なんとなく、めまいがひどくなったような気さえする。

だけど、肉まんは本当においしくて、かなり大きいのをふたつたて続けに食べた。食べ終えると、あ、そうか薬か、食後にね、騙されたと思って? まぁせっかくだからね――と飲んだか飲んでいないかもわからないような二ミリの白い粒半分を、テレビを見ながら何の意識もなくさらっと飲んだ。

すると、ほどなくして眠くなってきた。

そして、その眠りから覚めると、五カ月間つづいた悪夢のようなめまいが、つるんと掃除機に吸い込まれたみたいにきれいさっぱり消えていた。

なんというか、それこそ騙されたみたいだった。

締め切り

五ヵ月間居座っためまいが嘘のように消えると、次にあらわれた風景は十二月の締め切りのシーズンだった。

めまいがどうして消えたのかというと、体感としては「本当に眠れたから」に尽きる。薬によって緊張が緩和された途端、非常に深くてあたたかい眠りに落ちた。これはもうまさに、ゆっくりゆっくり落ちてゆくような眠りで、しかしそれは深みにはまるというようなものではなく、無重力の空間を静かに下降してゆく印象だった。目覚めたときの感覚がそれまでとまったく違っていて、というよりも、ああそうだ、これが眠りだった——とようやく思い出した。

要するに自分は眠っていなかったのである。体は疲れきっているのに、きわめて浅いインチキな睡眠しか脳が許さなかった。

しかしまぁ、体が本当の眠りを取り戻したら、今度は眠くて眠くて仕方ない。はぁ、そうですか、それはそれは——と目をこすり、

「では、さようなら、ぼくはねます」

と、ひらがなのきぶんになって、たのしくふとんにもぐった。

こんなに眠りが嬉しいものとは知らなんだ。睡眠最高。これ以上のものが他にあろうか？

え？　眠ってばかりいたら時間がもったいない？　それは違いますぜ、旦那。本当に時間を有効に使いたいなら、しっかり眠るべきです。ええ、他に言うことはござんせん。すべての働く人たち、すべての夜更かしの皆様、すべてのネット・ジャンキーにお伝えしたい。

いいから、もう寝ろ、と。

それでは、ZZZ。今日はもうおしまいです。

——と言いたいところだが、人は寝てばかりもいられず（嗚呼）、なにしろ人は誰でも締め切りというものを抱え、めまいはきれいさっぱり消えたけれど、季節は師走で、世は

右を向いても左を向いても締め切りなのであった。

「治りました」

ふとんから這い出て世の中の皆さんに御報告申し上げると、

「ああ、よかった」

と皆さん言ってくださるのだが、ぼくの目には皆が走っているように見えてならなかった。自分はこの経験を得て身に染みたからいいけれど、一緒に仕事をしている多くの人たちは「よかったですね」と他人事である（それはそうなのだが）。どうして、誰も彼もそんなに急いでいるのか。イッパイイッパイなのか。走らないと間に合わないのか。

何に？　もちろん、締め切りにだ。

＊

そして、それから三年が過ぎた。

この間、一度としてめまいはなく、あ、もしかしてめまいがやって来るかな、という予感はあっても、予感だけで実際には来ない。それでも、そういうときは、

「すみません、ぼくはもうねますので、またあした」

と、ひらがなになって、ねてしまう。

どんなに締め切りに追われていようが「またあした」だ。

三年が過ぎ、いまこの夜中の十二時三十四分に、物音ひとつしない小さな部屋で、ひとり、「締め切り」について書いている。

ぼくはいまどうしてこの原稿を書いているのか。どうしてこんな夜中に、ひとりさみしく書いているのか――。それはです、やはり、締め切りがあるからでしょう。

本当に？

では、締め切りがなかったら書かないのか――。

ある夜の酒宴でそんな話になった。その席には、小説を書く人、漫画を描く人、絵を描く人など、何人かのプロの作家がいて、ぼくも小説を書いてお金をいただいているので、プロのはしくれとして話の輪に加わっていた。

「そうだなぁ」と誰かがおそるおそる言った。「締め切りがなかったらわたしは書かない」

「そうそう、描かないね」と誰かが断言。

「わたしも」「俺も」と続々――。

「え？　そうなの？」

思わず声をあげると、皆が不審そうにぼくの顔を見た。

「じゃあ、篤弘さんは、誰にも頼まれていないのに小説を書くんですか」

「書きますよ」

えーっ。えーっ。えーっ。（全員、驚嘆）

何それ？　そうなの？（とぼくも驚嘆）

「だって——」と誰か。「締め切りがなかったら、やらないでしょう」

「そうそう。基本、怠けものだし、じゃなかったら、もう少しまともな仕事に就いてるでしょ。こういう八九三な稼業になっちゃったのは、基本、何もやりたくないからですよ」

そうなんだ。いや、自分も「基本」はそうなんだけど——。

「もし、依頼が来なくなったらどうするの？」

小声でそう訊いたところ——、

「何、言ってるんですか。依頼が来なくなったら、その時点でプロとは言えなくなるんですよ」

この発言にまずはゾッとした。それから、しばし考えた。

たまたま、その場にいた作家が全員（ぼくを除いて）筋金入りのプロフェッショナルであったため、そこでの会話は「プロとして」という一言を省略していたのだろう。

つまり、プロというのは、依頼に応じて締め切りまでに仕事を仕上げる職人を指し、もし、依頼がなければ締め切りもないわけで、締め切りもないのに書いたり描いたりするのは趣味あるいは芸術である、いま、わたし（および俺や僕）はプロなのだから、決して趣味や芸術で書いたり描いたりしない。

「できないんですよ、もう」

「どうしてかな？」

「だって、（プロとして）毎日、締め切りがあるから」

ふうむ、なるほど。では——、

「もし、時間があったら、つまり（プロとしての）締め切りが少しだけで、もうちょっと時間に余裕があったら——」

「遊びますよ。決まってるじゃないですか。時間があったら仕事のことなんかいっさい考えません」

あら、そうなんだ。

皆が述べているのは、（プロとして）日々、仕事をこなしてきた実感および率直なところであり、「できないんですよ、もう」の「もう」には、（プロとしての）プライドと諦念が入りまじっているように聞こえた——とぼくは完全に他人事である。

それ以来、ときどき夜中にひとりで考えてきた。

締め切りとは何ぞや。

一体、何が締め切られるというのか。何が何に間に合わなくなるのか。間に合わないことははたして罪悪なのか。間に合えばいいのか。そして自分は、締め切りがなくても書きつづけるのか。

こんなことを考えること自体、物書きとして（プロとして）の自覚が足りないからに違いない。そうは思うのだが、これはもう自分の性格であって、なんというか、学生のときの自分は、それはそれはプロになりたいと思っていたけれど、いざ、プロになってしまうと、プロの仕事としての「書くこと」や「描くこと」が、どうもつまらない。

いや、待った（あわてて）、「つまらない」は江戸っ子の口の悪さで、言葉どおりの「つまらない」ではありません。つまり――。

こんなことなんだっけ？

と、ときどき思ってしまうのだ。プロというのは、こういうことなんだっけ？　依頼に応じて締め切りまでにこなすこと？　たぶん――じゃなくて、「もちろん！」それはそのとおりです。

だけど、いざ、プロになりました、あなたはもうプロです、趣味じゃないんです、さぁ、締め切りまでによろしくお願いします、と言い渡され、「はい、わかりました」。書きました。「はい、できました」と、そう簡単に成し得るものなんだろうか。それでいいんだろうか。そういうことなんだっけ?

これは昔から思っていることだけど、ロック・バンドのライヴが十八時半きっかりに始まるのはどうなんだろう。そりゃあ、あんまり待たされるのもたまらないけれど、「定刻どおり的なもの」をぶっ飛ばしたくて演ったり聴いたりしていたのに、セットリストどおりに進行し、予定調和を踏み外すことなく、「いや、好き勝手にやったらみんなに迷惑かかるでしょ」ってアンタ、迷惑かけたくてものすごい音でギター弾いたりしてたくせに——あ、この場合の「迷惑」というのは、江戸っ子の口の悪さで言葉どおりではありません。人を迷わせて惑わせて魅了するということです——それなのに、きっちりパッケージにおさまるようにかしこまって、そんなの、全然ロックじゃありません。

それとも、かしこまって出来るのが(プロとしての)ロックなのだろうか。

「出来るのがプロですね」

辣腕編集者のSさんがきっぱりそう言った。辣腕に言われたら返す言葉がない。しかし、

「じゃあ、プロはロックじゃないね」

ビビりながら、つっぱってみた。

「それは違いますよ」と辣腕S。「プロがロックをやってきたから現在があるんです。初

期衝動がどうのこうのって言いますけど、どんなロック・バンドだって、たいていは先行するプロに憧れて始めたんじゃないですか？　純粋にロックな気分もあったでしょうが、それと同時に、憧れのプロになりたかったはずです。そうじゃないロッカーは、プロになどなりませんよ」

あら、そうなんだ。

「いえ、勘違いしないでください。本物のロッカーは決してプロにならないとか、そういうことを言ってるんじゃないんです」

「そうかな。そう聞こえるけど」

「プロにはプロのやり方があって、アマチュア・ロッカーの多くはそれを見て憧れているわけです。アマチュアがアマチュアに憧れて、自分もああなりたいと思いますか」

「思ったっていいんじゃない？」

ぼくは、ロックというか音楽についてはかれこれ三十五年くらいアマチュアで楽しんできたけれど、昔々にバンドをやっていたときはヤマハのサークルに参加し、毎週土曜の午後に吉祥寺のヤマハでギグ——なんて当時は言わない。せいぜいライヴ——をやっていた。そのときのサークルの対バンは、どれも歳上のバンドで（というか、自分たちがいちばんガキ＝高校生だった）、いま思い返しても、兄貴分のバンド（もちろんアマチュアです）

のいくつかは本当に素晴らしくてかっこよくて真剣に憧れたものだ。

前にカシオペアについて書いたことがあるが、カシオペアはヤマハのアマチュア・バンド・コンテストから出てきたので、高校生の小僧にとっては「兄貴分バンド」の頂点みたいなものだった（ちなみにその年のそのコンテストにはサザンオールスターズも出場していた）。ぼくがよく知っているカシオペアは――そしてぼくが憧れを抱いていたカシオペアは――コンテストに出たあとからレコード・デビューするまでの、もっぱらライヴ・ハウスのようなところで演奏していた時期である。もうアマチュアではなかったけれど、誰もが知るプロのバンドというわけでもなく、しかし、当時は間違いなく憧れのバンドの筆頭だった。

「なるほどね。おっしゃりたいのはそういうことですか」

「え？」

「プロになると、何かが失われる――と」

いや、そうじゃないけれど――それとも、そうなのかな。

辣腕S氏の意見はおおむね正しく、ぼくの思うところは四畳半で培われた管見でしかない。

しかし――と、ひとり四畳半で思う。どうも自分は、本当にだらしなくて、プロとしての自覚がいつまでたっても持てない。だけど、こういうヤツがひとりくらい居てもいいのではないか。そして、「ひとりくらい」の「ひとり」が自分にはふさわしい。そう自分を慰め、強引に納得し、束の間、自由な気分およびロックな気分を味わっていたところ、小学生だった自分が、ひとりでコツコツと——誰に頼まれたわけでもないのに——壁新聞をつくっていたことを思い出した。

壁新聞は——と話がノってきたが今回はここまで。

まだ書きたいけれど、残念ながら締め切りの時間がきた。

壁新聞

さて、壁新聞の話のつづき——。

時は小学校四年生に遡る。誰に頼まれたわけでもないのに、勝手に壁新聞をつくって教室に貼り出した。きっかけが何であったのか思い出せないが、どうも自分にはそういうところがある。ある朝とつぜん思い立ち、午後にはさっそく始める。夢中になるものは、大抵、そんなふうに始められた。が、それをいつやめたのか、なぜやめてしまったのかは思い出せない。たぶん、次の何ごとかを、ある朝、思いついたのだろう。

しかし、壁新聞は少なくとも一年間はつづけていた。模造紙というものがあって——そうだ、それがきっかけだったかもしれない。教室に図画工作の授業でつかった模造紙の余りがあった。たぶんそれが理由だ。その途方もない空白を、文字や絵で埋め尽くしたい衝動に駆られたのだ。

　模造紙は新聞をひらいた大きさより、縦横ともにおよそ二十五センチばかりデカい。かなり大きい。その巨大な白紙が手つかずのまま目の前にあって、白紙が「自由にやってくれ」と言っていた（いや、本当はそんなこと言ってません）。

よし――と、鉛筆片手にこの白紙に挑んだときが、いまに至る自分のはじまりだった。ほとんど即興的に「××新聞」と名前を決め（何という名前だったか覚えていない。つくるたびに名前を変えていたと思う）、まずはトップ記事を書き、コラムらしきものを書き、当然のように連載漫画を描き、ついでに連載小説も書いて、なりゆきで埋め草のイラストも描き、挙句、学校周辺のローカルな記事まで書いた。トップ記事は、いま世の中で起きていることを。ローカル記事は、たとえば「給食のこと」とかそんな感じである。

　ひとりでつくっていたので、模造紙をひとり占めしながら書いている自分の姿勢や、ぶつぶつひとりごとを言いながら書いていたのをよく覚えている。

　途中で担任の先生に、

「吉田君は、何をしてるの？」

　と訊かれ、

「新聞をつくってます」

と答えると、

「そうですか。がんばってください、編集長」

と言われて、大いに満足した。

誰に頼まれたわけでもないのに勝手に始め、困惑した周囲の人たち（おもに大人）に「まぁ、しょうがないか」と渋々認めさせるのが自分のやり方だった。これはいまでも変わらない。もしかすると、それを「強引」と言うのかもしれないが。

ただ、強引に何かをやってしまいたいときがあって、それはもう理屈ではなく、そこに何かしら自分の信じられるものがあるから、と言うしかない。が、これはいま思いついたでっちあげである。小学四年生の自分は、ただただ新聞をつくることが面白かったのだ。

思えば、全体の構成と書くこととイラストとレイアウトをいっぺんにこなしていたわけで、要するにいまの自分の仕事と何ら変わらない。書きながらレイアウトをしてゆく感じが快く、最初は左上から横書きで書き始め、途中で右端に縦書きで書いてみたり、気まぐれに真ん中あたりに漫画を描いたりして、何のルールもなくひたすら自由だった。まぁ、言ってみればまったくのデタラメなわけですが、上下左右から気ままに白紙を埋めてゆき、埋めながら適当にバランスを考え、すべてが埋められたとき、パズルが仕上がったみたいにデタラメだったものがうまく嚙み合う。その快感が癖になった。

いや、本当の快感は、仕上がったものを教室に貼り出したときで、皆がそれを熱心に読んでくれる姿を見るのが何よりだった。

誰に頼まれたわけでもないのに、一年間、黙々と新聞をつくりつづけたのは、自分のつくったものを読む人＝読者が、きっと楽しんでくれるだろうという幻想に支えられていたからだ。

壁新聞のいいところは、発表してすぐに読者の反応を間近に確認できること。これまで、様々なメディアで様々な表現をしてきたが、いちばんダイレクトで、いちばんライヴ感があって、いちばんロックだったのは間違いなく壁新聞だった。

*

この原稿をここまで書き、つづきは打ち合わせのあとで、と飲み残しのほうじ茶を飲んだのが、三月十一日の十四時四十五分だった。十五時から自宅の近くでＳＥ社の装幀の仕事の打ち合わせがあった。もう、出かけないと――と机の上を片付けていたら、ゆさゆさっと部屋が揺れて、「あっ」と小さく声が出た。

最初は大きな揺れに感じず、隣の隣の部屋にいた相方に「地震じゃない?」と声をかけた。「揺れてる揺れてる」「けっこうでかい?」と声をかけ合ううち、揺れがひどくなってきて、相方のいる部屋にはいったところで本格的に揺れ始めた。が、その部屋には、もぐりこむ机もなく、二人で立ったまま、「うわっ」としか言えなかった。揺れの具合から、直下型ではなく遠くで起きたものと思われ、「じき、おさまるよ」と相方をなだめ――というか、自分をなだめた。

しかし、全然おさまらない。それどころか、さらに揺れが激しくなり、家の中のあちらこちらで何かが倒れる音、割れる音、さらには地鳴りだろうか――うちは一階である――とにかく経験のない激しい波動が部屋をうねらせた。横揺れでも縦揺れでもなく、まるでスケートボードに乗せられたような、床が地面から剝離してしまったような感覚で、これはもう尋常ではない、しかし何だろう、と得体の知れなさが恐怖を煽った。地震には違いないが、こんな揺れ方は覚えがない。揺れのストロークが長くてゆったりしている。たぶん東京が震源ではない。いわゆる東京直下型ではない。子供のころから「いつか来る」と脅されつづけてきた関東大震災でもないだろう。

では、何だ? まだ終わらない。いつおさまるんだ? おかしい。こんなに長い地震があるものか。これ以上はもう耐えられない――というところで、ようやくおさまった。五分くらいつづいたろうか。

おさまったあとも天井からぶらさがった照明が揺れつづけ、やっとの思いでテレビのリモコンを見つけてスイッチを入れると、しばらくして「宮城県で震度七」という速報が表示された。そのあいだもまだ体は揺れていて、床が安定しないように感じてやたらに気持ち悪かった。

ほどなくして、お台場で起きている火事の映像が映し出された。同時に、震源は宮城県沖と確定され、あんなに遠いところが震源なのに、東京がこんなに揺れたということは――と体がこわばった。

強い余震がたてつづけに起こった。そのたびにネット上の情報とテレビが刻々と伝える映像を確かめ、これはどう見ても歴史的に前例のないことが起き、ということは、この先さらに何が起きるかわからない。まずもって、自分がいま居るこの東京はどうなのか。近隣で火事が起きたりしていないのか。テレビを見ているのだから電気は来ている。ガスは――止まっていた。水道は問題ない。「じゃあ、いまのうちに風呂に水をためておこう」と相方が冷静に対処した。電話は通じている。実家の母に電話をし、とりあえず無事を確認。携帯電話はつながらないが、インターネットはしっかりつながっていた。

本棚のある部屋は案の定、無惨なありさまで、本が飛び出し、積み上げていた本が崩れて床を覆っていた。掛け時計が落下してガラスが割れ、衝撃で電池が転がり出たのか、二時五十分のあたりで止まっていた。幸い食器は落下せずひととおり無事のようだったが、食卓の上の、相方が半分ほど飲んだお茶が、カップから完全におどり出て中が空になっていた。

頭上ではヘリコプターが旋回する音が響き、鳥の声がやたらにやかましかった。外に出て空を見上げ、二階の大家さんに声をかけると、「平気よ」と元気そうな声が返ってきた。無事である。ガスの復旧の仕方を教わって相方が元どおりにし、しかし、ぼくは何も出来ず、足もとがどうにもおぼつかなかった。何ひとつ建設的なことが考えられず、先行きを見とおして——とか、こういうときはまず——といったようなことがいっさい思いつかない。普段はめったに見ないテレビの前にへたりこんで、津波の映像に呆然として言葉を失った。

どのくらい時間が経ったのか、気づくとすっかり陽が暮れており、相方が「こういうときに限って、なあんにもないの」と台所でぼやいていた。

「なあんにも?」

「食べるものがね。買いものに行かないと」

けっこう激しい余震がつづいているし、なんとなく不安で家を出るのはどうかと躊躇されたが、とにかくこういうときは、あたたかいものを食べるのがいちばんである。食べるまでは「いや、食欲がない」と気分が乗らないが、食べれば、食べてよかったと思うはず。それに、この災害は今日が終われば一件落着というような事態ではなく、明日もあさっても一週間後も不安定な状態がつづくはず。やっと頭がまわり始め、意を決して相方と商店街へ出た。

どことなく、いつもより寂しい感じはあったが、町の人たちはいつもどおりに買いものをしており、我々もスーパーで当面の食料を買い、コンビニで菓子を買い、行きつけの店で鶏肉を買い、ハムとソーセージを買い、パンを買い、鯛焼きを買い、最後に銀行で少しお金をおろしておいた。

普段はむっつりした顔で買いものをしている相方が、どの店でも、店のおじさんおばさんと、「地震どうでしたか」と言葉を交わした。

「こわくて、お客さんと抱き合っちゃった」

「地震のあと、ヤキトリが、あっという間に売り切れて、そっちの方が驚いたよ」

普段はおじさんおばさんもむっつりなのだが、あれ、この人、こんなにおしゃべりなんだ、というくらい、皆、饒舌だった。

＊

しかし、困ったことに原稿を書く気がまったく起きなかった。締め切りが迫っていたものは休載にしていただき、この『木挽町月光夜咄』も地震の直前まで書いていたところで中断したままになった。その先をどう書いていいものか思いつかず、この連載は、連載中に起きたことをありのまま書くと決めていたので、そうとなると、なおのこと書けなかった。

一方、デザインの仕事はいずれも「予定通り進行します」と連絡があり、しかし、デザイン用のパソコンが不調で、壊れたわけではないが、どうやら地震の揺れで酔ってしまったらしい。デスクトップの画面が変更され、見たこともないようなメッセージがたびたび表示された。

「わたしはどうやら初期化されてしまったようです」みたいな感じである。「わたしはもうイッパイイッパイです」みたいなことも言う。「わたしはもう精神的に参ってしまいました」とは言わなかったが、ぼくも相方もパソコンも思いはひとつだった。

それでも、締め切りはやってくる。

節電せよ、とのことなので、こたつのある小さな部屋にMacBook Air（11インチ画面）を持ち込んで仕事を続行した。これは、ぼくがテキスト入力用に購入したものだったが、急遽、デザイン系のソフトをインストールし、他の部屋の電気をすべて落とし、相方とこたつにあたりながら身を寄せ合って小さな画面を覗き込んだ。いつもはそれぞれの机に向かって仕事をしているので、こんなことはいつ以来だろう。携帯でストリーム放送のNHKを受信し、ときどき小さな画面を眺めて事態の推移を確かめた。緊急地震速報の警報が鳴るたび腰を浮かして身構える。恐怖心はなかなか覚めなかったが、なぜかしら、子供の頃によく食べた駄菓子を買ってきて食べると気持ちが安らぎ、少し落ち着いたら、急に坂口安吾が読みたくなってきた。崩れた本の山の中から『堕落論』を見つけ出してしばし読んだ。

こういうときに何を読むのか。自分はいま何を読みたいか。そして、何を書きたいか。

仕事をしながら、知人や著名人のツイッターのつぶやきを読み、つぶやきのリンク先に飛んで、そこに誰かのやさしい言葉や思いを見つけるたび、自分でも気味が悪いくらい問答無用で涙が出た。思考が思いきり単純になっていた。人間っていいなぁ、といった感慨しか湧かない。それでいいし、それがいい。それ以外は受けつけられなかった。込み入ったことが考えられない。こんなときに、うまいことなど言わなくてもいい。少なくとも、言葉の技術や技巧などいまはどうでもいい。ありのままストレートに書かれた言葉が、ありのまま真ん中に触れてくる。泣けてくる。こんなことはこれまで経験がない。退行しているような気もするが、それでもいい。場合によっては、すべてが元に戻りつつあるような、二度と戻らないと思っていた時間が無理なくそこにあった。自分たちの世代はこういった心持ちにはならない（なれない）と思い込んでいたのだが、節電された薄暗い街で、自分の記憶の底にある街はこうだった。これでいいではないか。むしろ、この方がいいのではないか。いったい失われたのは何なのか——と考えてみるが、頭がうまく回りません。自問しても答えに至らない。

そのうち、ふつふつと怒りが湧いてきた。変な勇気みたいなものも湧いてきた。さぁ、よく考えろ。いまこそ知恵を働かせよ——と自分に言いたいが、いましばらくは「いい考え」なんて浮かばないし、浮かんでも結局のところ信じられない。

＊

それにしても、いっこうに文章が書けず、さて、どうしたものかとこの連載の原稿に戻り、地震の前に自分が書きかけていたものを読みなおした。

そうか、誰に頼まれたわけでもないのに書く。壁に貼り出せば、きっと読んでくれる人がいると信じ。いや、これは比喩ではなく、本当に壁新聞をつくりたいし、かねてより準備もしていた。

というか、小学四年生の自分が、この大地震と、それに連なる悲しく重苦しい日々を経験していたら、はたしてどんな壁新聞をつくったろう。

おそらく、いつも自分がよく行くところ——商店街でもいい——で取材をするだろう。お店の人に話を聞いてみたい。

それから、自分が地震のときに何を見たか、何を聞いたか、どんな思いだったか、思い出せる限り書いてみる。嘘は書かない。新聞なのだから。

たぶん、大した記事にはならないだろうが、まずは自分が知っていることを書き、それから自分が知りたかったことを誰かに訊いて書いてみる。子供に出来ることは単純で、ただそれだけだが、考えてみると、大人に出来ることも基本はそれだけだ。

では、この原稿もその要領で書けばいい。壁新聞をつくっていたときの、模造紙の巨大な真っ白を前にしたときの気分で書けばいい。

そう思い、迷わずそのとおりにした。

東京物語

地震から四十日が過ぎて、相変わらず東京に居る。四十日間、一度も東京を出なかった。たまたま関西に行く機会があったのだが、仕事を優先して東京にとどまった。とどまった、という言葉が自然と出てくる。表現として正しくないかもしれないが、人一倍地震に恐怖する自分が、関西に行く機会があったのに、「なるべく東京に居たい」とこだわっているのが、自分でもなぜなのかよくわからない。

毎日、近所のスーパーへ買い物に出て、駅の売店で新聞を買っている。その日の気分でランダムに二紙を買って読みくらべる。新聞はネットでも読んでいるが、ネットでは記事の大小が見えにくい。壁新聞をつくっていた者としては、記事がどのようにレイアウトされているか、あるいはレギュラー記事の扱いがどうなっているかで、非常の度合いが体感的にわかる。

新聞と一緒に——売っていれば——五百ミリリットルの水を一本買う。四十日のうち、最初の二十日間は水がまともに買えなかった。一日の始まりに水を買うのは震災前からの習慣で、この連載を開始した頃より歩くことを日課にしていたから、歩くための燃料として必ず買っていた。一日持ち歩き、水筒の水を飲むようにしてあちらこちらで少しずつ飲む。

らっぱ飲みなので、外で飲むときは空が見える。四十日間でまとまった雨が降ったのはおそらく片手で数えるほどだ。おおむね晴れているか曇っていた。が、重苦しい心境のせいか、この四十日の東京の空は晴れている日でも曇っているように感じられた。

この間に東京で体感した余震の数は——気象庁の調べではなく自分の感覚で言えば——一日平均三回「あっ」と声が出た。「お」が二回。「ん?」が五回くらい。就寝中、食事中、入浴中、歩きながら、電車の中で、トイレで、電話をしながら、執筆中に、読書中に、雑談中に、一人でいるとき、二人でいるとき、三人で、四人で、あらゆる状況で余震を体験した。

大きな余震が連続した最初の十日ほどは、電車に乗って都心に出るのが憚られた。そもそも、最近は歩くか自転車に乗るかで済ませていたので、電車に乗る回数がめっきり減っていた。が、十日目あたりに仕事がらみの約束がひとつあって、ひさしぶりに新宿行きの私鉄に乗ることになり、駅で電車を待っているときに、さっそく小さな余震がひとつ。乗っているあいだにもうひとつ。しかし、今回こうした経験を経て初めて気づいたのは、電車に乗っているあいだは常に震度二から三くらいで揺れているのだった。意識すると、まともに立っていられない。同じ揺れが家にいるときに起きたら、机の下にもぐりこむレベルである。が、それほどひどい揺れなのに、「いま自分は電車に乗っている」と脳が認識しているせいでまったく恐くない。当たり前といえば当たり前だが、この四十日間は、「当たり前は本当に当たり前なのか」とたびたび考えさせられた。

そのうちのひとつが「停電」と「節電」をめぐるあれこれで、新宿行きの電車も車内の電灯を落とし、じきに夕方になる頃あいだったから、ほとんどまっくらに近かった。「いいねぇ」と一緒にいた相方につい言ってしまったが、「昔はこんなもんだった」と相方も内心楽しんでいるところがあるようだった。

ここで言う「昔」とは昭和四十年代を指すが、五十年代になっても、これくらいの暗さは当たり前だった。関係ないが、そのころ、地下鉄銀座線に乗っていると、駅に停まる寸前で一瞬だけ車内のあかりが小さな非常灯に切り替わってブラックアウトした。当時まだ走っていた旧車両の電力供給システムに不備があったからで、あれは不備というより、「本当はこんなに暗いのです」「地下なのですから」「ここは地下なのです」と乗客にそれとなく教えていたのではないか。

あの一瞬の消灯を知っているか知らないかで、薄明期の東京の認識の度合いがわかる。あのころは渋谷駅も暗かった。銀座線から井の頭線に乗り換えるまでの構内のほどよい暗さを覚えている。あれがよかったんだけどなぁ、と言いたいが、少し前まではそんなこと言ってもまったく相手にされなかった。

というより、自分のこれまでの仕事を振り返ってみると、どうやら自分はあの頃のほどよい暗さや静けさを再現したいようで、言い方を変えると、都会のただ中に薄暗がりを捏造し、裸電球の誘蛾灯でお客を呼んでは、薄暗がりに乗じてインチキな手品を披露してきた。ずっとそうだったし、これからも変わらないだろうと思う。

自分はデザインの仕事をしているので、発想するときの軸足が基本的に設計者の側にある。設計者はやや大げさな言い方だが、大げさに大きな袈裟を羽織って言ってしまうと、東京の隅々にわたる様々な設計者たちは、はたして「ほどよさ」を念頭に入れて仕事をしてきたのかどうか。

子供の頃、母親によく言われた。

チョコレートを食べ過ぎると鼻血が出る、と。

これには科学的根拠があるそうだが、母は科学的根拠をどこからか聞きかじり、チョコレート好きの息子の前で大きな袈裟を羽織ったのだろう。理由は「チョコレートなんてものは、ばくばく食べるものではない」から。チョコレートの摂取量はどのくらいがほどよいか、いまなら理解できるが、腹を減らした子供には通用しない。

この際、辞典をつくるのはどうだろうか。『ほどよい辞典』である。三時のおやつに板チョコをどのくらい食べるのがほどよいか。状況に応じて「三分の一枚」とか「四分の一枚」などと記してある。この四十日あまりで、シーベルトやベクレルといった耳慣れない単位を覚え、自然と許容量を暗唱したりしているのだから、この機に、生活をめぐるすべての許容量と「ほどよい量」を学びたい。

話が脱線した。いや、脱線のついでに書き添える。

この四十日を東京で暮らした人は、辞典などひもとかなくても、常に不安が許容量をオーバーしていたと知っている。不安にほどよさがあるかどうか知らないが、余震の中、新聞を読んでスーパーで買い物をするだけで不安がつのった。このどうしようもない不安を自分はどう解消するのか、解消できないのか、このままへし折れてしまうだけか——と逡巡しながら世の中を見渡してみたところ、多くの人が「いま、自分に出来ることは」と言っていた。そして多くの人が「いつもどおり自分のしてきたことをするだけだ」とつづけている。

ぼくも同じ言葉を自分の不安を解消するために自分に向けて念じている。「いつもどおり」というのが鍵である。不安の反対側にあるのが「いつもどおり」で、要するに「いつもどおり」が見えなくなり、もしかすると、このまま二度と「いつもどおり」が戻ってこないのではないか――というのが、つまりは不安である。

しかし、これまでの経験からすると、「いつもどおり」と呼ばれているものは、案外、言葉と裏腹に、変化あるいは進化あるいは淘汰を繰り返し、かなりイイカゲンで、よく言えば臨機応変で柔軟なヤツである。

この四十日間、スーパーで買い物をしていると、なぜか菓子の並んだ棚が気になり、自分が子供の頃から変わらずに売られているチョコレート菓子などをひさしぶりにいくつも買った。

地震以前は体重を減らすことを念頭に置いていたので、基本的に菓子売場には近づかないようにしており、だから、これは最近の「いつもどおり」ではない。が、駄菓子を買って帰り、相方とお茶を飲みながら「子供のときによく食ったよなぁ」とつまんで食べると、昔の「いつもどおり」がゆるゆる戻ってきて、この、じつに他愛ない子供じみた時間が、なぜかしら（いや、それとも当たり前なのか）、しばし不安を解消してくれるのだった。

あるいは、退行現象なのだろうか。薄暗い昔の東京に戻り、駄菓子を買い食いして——と、こう書くと、いかにも呑気に映るかもしれないが、間に合わせで探し当てた使い古しの呑気と、尻に火がつきそうな危機感とが、十五分おきに行ったり来たりしているのがいまの東京である。

＊

この四十日間の中ほどに、ＮＨＫのＢＳチャンネルで小津安二郎の『東京物語』が放映された。デジタル・リマスター版と銘打たれたその映像は、この映画が五十八年前に公開されたときの、ぴかぴかの新品フィルムを彷彿させた。いや、その当時の映写機の精度を考えたら、もしかして、今回の映像の方がより鮮やかであったかもしれない。

このタイミングで、この映画を観たことは、またとない経験だった。フィルムに降っていた傷の雨が取り除かれ、映画の中の東京は長い眠りから覚めたように気持ちよく晴れていた。

渋谷駅から昔の銀座線に乗って、節電された薄暗い東京のトンネルをくぐり抜けたら、五十八年前のまぶしい東京の空の下に連れて行かれた。

そのまぶしさは、フィルムの傷が修繕されたことによるのだろうが、いまの東京の、晴れていても曇って見える空を思えば、よりいっそうまぶしく映った。地震以来、何ひとつ心の底から楽しめなかったが、この映画を観ていた時間だけは不安が遠のいた。

被害の大きかった被災地に比べたら、東京の空の曇り具合など何ほどでもない。ただ、それでも不安であることは致し方なく、かなり不安ではあるけれど、屋根があってあたたかいものを食べて布団で眠ることができるのだから——と東京の人の多くは不安を胸の内にしまいこんでいる。皆、つとめて明るく振る舞っている。

そして、こんなときでも桜は咲き、花が散る前にと夕方に友人らと集い、一緒に食事をして、地震のときはどこにいた？ 会社にいた、家にいた、ビルの十四階にいた、と語り合い、そういえば、と話が逸れたところで大いに笑い、それからまた大いに考え、そのうち早じまいの店から夜の路上に送り出された。「じゃあ、また」「気をつけて」「元気よく」と手を振って別れ、それぞれがそれぞれの家路をたどり、部屋に戻ると、まだ余震が気味悪くつづいて、照明を落とした暗い部屋でテレビのニュースばかりを眺めた。

そんな東京の夜に、なんとなくチャンネルをまわして『東京物語』を観た東京の人は、いっとき、過去へ戻されて東京の空のまぶしさを思い出したかもしれない。空だけがまぶしかった東京の日なたくさい貧しさを思い出したかもしれない。そして、我々は何と遠くまで来てしまったことよ、と小さくため息をついたかもしれない。

木挽町へ

五月某日。日曜日。晴天。

さて、今日である、今日がその日である、と自分に言い聞かせ、相方に「ちょいと木挽町まで行ってきます」となるべく元気よく宣言した。あら、そうなんだ、ホントに歩いてゆくの？

そうね、ここはやはり歩いて行きましょう。

前にも書いたが、うちの玄関から銀座二丁目＝木挽町まではおよそ十二キロある。この一年、減量のために歩くことと自転車に乗ることを日課にしてきたが、一挙に十二キロを歩くのはじつは初めてのことだ。翻って言うと、連載の最後に木挽町まで歩こうと決めていたので、そのための準備として、日々、歩いてきた。

で、準備は整ったのかというと、いまひとつそうでもない。減量の最後の仕上げに至って震災が起き、さぁ、今日も元気よく体を動かして——の日課が停滞してしまった。が、いよいよ連載の最終回が迫り、とうとう締め切りが目前となってきた。「今日がその日」というのは、およそ一ヵ月半つづいた停滞に見切りをつけるのが今日であるという意味だ。五月の連休が終わり、そのあとに少し雨が降り、本日はようやくめぐってきた普通に晴れた日曜日である。

まずはいつもどおり、駅まで歩いて新聞と水を買った。駅前のSで百九十円のコーヒーを飲み、バサバサとあわただしく新聞を開く。読書欄に自分のインタビュー記事が載っているのを確認して穴の中に隠れたくなる。写真を撮られたので覚悟していたが、やけに大きく掲載され、しかも、今日と同じ縞のシャツを着ているではないか。店内には、同じく日曜日の朝刊をバサバサひらき、盛んに眉間に皺を集めている紳士が何人もいる。気のせいか、ときおり新聞越しにこちらを見ている（たぶん気のせい）。しかし、どうにも居心地が悪い。バサバサと新聞を畳んで早々に退散することにした。

この連載の第一回目冒頭に、「定食屋で向かいの席に座った初老の男が誰かに似ていて」と書いた。誰だっけ？　見たことあるんだけど、とそれとなく観察し、あ、そうだ、と思い出して手帳に「セルジュ・ゲンズブール」と書き留めた。それが本来、自分のすべきことである。うかつに新聞などに顔をさらしてしまったが、自主的壁新聞記者であるところの自分が、観察される側になってしまったら本末転倒である。

新聞を背中のリュックに押し込んで自分の尻を叩く。水をあおっていざ出発。これより木挽町までひたすら歩いてゆく。歩いてどうなるわけでもないのだが、やはり連載を始めた頃に読んだジャック・ケルアックの『オン・ザ・ロード』の影響が一年経って効いてきた。とにかく歩いてみよう。自分のルーツとなる場所まで自分の足で歩き、この停滞に見切りをつけたい。

もともとは連載の最後に歩くことで「到着」を示したかった。が、いまはどちらかと言うと出発の気分である。「もういちど」の気分である。「いまいちど」および「ふたたび」の気分である。もしかすると、これは自分だけではなく、いま、多くの人がつぶやいている言葉かもしれない。

ところで、この連休のあいだに四十九歳になった。およそ半世紀を生きのびたことになるが、振り返って思うに、人生には何度も「もういちど」とつぶやく場面があった。しかし、大抵の場合、その思いが長持ちしない。「さぁ、もういちど」と決意して立ち上がっても、いつのまにか「まぁ、いいか」と腰をおろしている。世間のあれこれを遠くへうっちゃり、愛する猫の頭などを撫でて、ふて寝を決め込んできた。

しかし、今度ばかりはそうもいかない。それではもう許されない。ここでふて寝を決め込んだら、余生がすべてふて寝になる。そういう道を選ぶ者もあるだろうが、自分にはどうもそうした剛胆さが足りていない。

ついでに書くと、はたして何がいったい「もういちど」なのか。「もういちど」どうするというのか。いや、どうしたいのか。

まずは、もういちど駅まで歩いて新聞を買って水を飲んで歩きたかった。ただ単に、呑気に東京を歩いてみたかった。大したことではない。自分が生まれ育ったこの街を、あてなく意味なく歩きまわり、腹が減ったら定食屋で飯を食い、本屋で本を買い、通りすがりの猫の頭を撫で、眠くなったら公園のベンチで昼寝をする。疲れたら、行き先もよく見ないで都バスに飛び乗る。バスの窓にうつる顔に気づき、もうじき五十になろうっていうのに、何やってるんだ自分、と思う。

そういった繰り返しを延々と反芻する。それだけである。いや、もちろん仕事もしたい。仕事であろうがなかろうが、文章を書くことをつづけていきたい。

いま、自分に出来ることは何か、と自問し、これまで自分がしてきたことをするだけ、というのが世間的には模範解答になっている。だけど、ぼくがしてきたことなどこの程度のものである。もちろん何の役にも立たない。「もういちど」などとドキュメンタリーのナレーターのような声で意味深につぶやいても、要するに散歩をして昼寝をして寝言を書きつらねるだけである。

五十年も生きていれば、色々とあるにはあるのだが、人生とか生活などと呼ばれる範疇に属するもので、「もういちど」と日々繰り返したいのは、どれもささいなことばかりである。自分としては、そのささいなことを、自分の街でナントカのひとつ覚えのように繰り返したい。むしろ、その中身のあれこれよりも、「自分の街で」というのが重要かもしれない。歩きながらそのあたりを足で考えたい。幸いにも自分には、ここが自分の居場所、と示す街があり、それがたまたま東京なのであった。

東京、本日は晴天なり。

毎日のように歩いているので環七まで出るのは鼻歌まじり。我がテリトリー。野田秀樹ふうに言えば我が正念場ならぬ「少年場」。少年時代からの遊び場である。

その「少年場」を離れて環七を越えると、途端に脱走者の足どりに変わってしまう。淡島通りに出て渋谷を目指す坂をのぼり始めたら、もう後戻りは出来ない。ここまで来ると、引き返す距離が渋谷までの距離と同じになる。それなら行った方がいい。

晴れてはいるけれど、適当に雲がある。日射しはまぁそれなりに。湿度は低めで歩くには快適。しかし、渋谷が近づくにつれ、風が強くなってきた。

「テリトリーに戻れ」「さぁ、少年時代に安住せよ」とばかりに向かい風が吹く。かと思えば、「逃げろ逃げろ」「早く成長せよ」とばかりに追い風に変わってゆく。変な風だ。うるさいうるさい、と風を蹴散らすように歩く。ひたすら歩く。今日は向かい風も追い風も自分には鬱陶しい。穏やかに無風であって欲しい。風はときに人心を乱すから注意を払う必要がある。

などと言っているうちに渋谷が近づいてきた。駅に辿り着く手前でちょいとひとやすみ。Mで百二十円のコーヒーを飲む。

隣の席に座った青年がものすごい勢いでメールを打っている。片手で——というか親指一本で打っている。その親指の動きの驚くばかりの早さ。

この十年のあいだに人類の親指は著しく発達したことだろう。覗き見してはいけないと思いつつ、あまりに青年の指の動きがこれ見よがしなので、つい、じっくり観察してしまった。青年のiPhoneは青年のすさまじい親指力（造語です）に破壊されたのか、画面に無数のひび割れが走っていた。ガラスの崩壊を防ぐために全面にセロテープが貼られているのが何とも禍々しい。戦場の通信機器を思わせる。何をそんなに素早く伝えたいのか。すでに飲み干して空になったと思われる紙コップを何度も口に運び、超絶技巧のサックス奏者のように親指を動かしている。それでも青年はもどかしげだった。もっともっと早く指を動かしたいのだろう。

道玄坂を下って渋谷駅に到着。一カ月前はもう少しひっそりしていたように思うが、この街は早くも節電自粛モードを忘れている。信号待ちをしている人々の誰もが携帯電話の小さな画面に見入っている。顔をあげない。街を見ていない。ここではないどこか別の場所にいる人たちに気持ちが飛んでいる。何人かは見入るだけでなく、やはり素早く親指を動かしている。電話として使っている人は一人もいない。無言で同じ姿勢で親指を駆使している。不思議な光景だ。

ふと、呼ばれたような気がして、東急東横店のビルを見上げた。このビルの三階に地下鉄銀座線渋谷駅のプラットフォームがある。その改札を出てすぐのところに、その昔、小さな書店があった。ぼくはその店で、およそ三年間、アルバイトをしていた。学生時代──十代の終わりごろ。書店はとっくに消滅したが、百貨店と銀座線は渋谷の変貌の中で奇跡的に変わらずある。ふうむ。雑踏の中で感傷的な思いに誘われたが、大げさなジェスチャーと共にそいつを振り払った。

さっさとJRのガードをくぐって宮益坂にさしかかる。東急文化会館があった場所にとんでもなくデカいタワーのような建物がつくられつつある。ただただ異様である。全然、らしくない。はっきり言って、なんだかみっともない。何かが間違っている。これまでも東京のあちらこちらで「これは違う」と眺めた建物がいくつもあったが——というか、東京でこの半世紀を暮らすことは、「これは違う」と毎日つぶやくことだった。

文化会館——プラネタリウム——映画館——と唱えただけで、いくつもの時間や場面が脳内に再生される。それで本が一冊書ける。いや、ぜひ書いてみたい。夢想した途端、腹の底からわき起こってくるあたたかいものがあった。それは何か。やはり感傷のあらわれか。少年時代から知っていたものが「少年場」から消えてしまった切なさか。それとも年齢のせいか。もしくは、震災の落とした影なのか。いま在るものもやがて消えてなくなる。この街ではそれが当たり前なのに、今日は何だかすべてが愛おしい。すべてを記憶に留めておきたい。

そういえば、リュックの中にカメラがあった。急いで取り出してシャッターを切り始めたらもう止まらない。延々と撮ってしまう。目に映る光景と、すれ違う人と、空や街路樹まで。宮益坂の街路樹はこんなに鮮やかで豊かな緑だったろうか。記憶が混線する。いつのまにか木挽町へ向かう道は半世紀のタイムトンネルとなり、時間がトンネルに投影され、もちろん時間や記憶はカメラで捉えられないが、このたったいまはそこにある。たったいま、たったいま、と唱えながら、たったいまに向けてカチカチとシャッターボタンを押す。

すれ違う人が訝しげにこちらを見る。皆、ぼくを見ていた。もしかして朝刊の写真を見られたか——まさかね。

それにしても、感傷的に写真など撮っているのは自分ひとりで、誰も東京に不安を感じていないように見えた。放射能対策にマスクをしている人など一人もいない。それともマスクをしている人はそもそも外出を控えているのか。子供を連れている夫婦がとても多い。カップルが多い。カップルは、皆、手をつないでいる。いつもこんなに仲良く手をつないでいたっけ？　何を見ても、どこを見ても、いつもより平和な日曜日に見えて仕方ない。

宮益坂をのぼりつめ、国道246号線の歩道を東に向かって歩く。男と女と子供と犬とジョギング・ランナーが行き交っている。

唐突に五代目古今亭志ん生の話を思い出した。修業時代の師匠は、この青山あたりから浅草の自宅まで落語の練習をしながら歩いて帰ったという。終電が行ってしまった真夜中に、話しながら二時間をかけて毎日のように歩いたらしい。

この二カ月あまり、どうにも寝つけない夜は、志ん生師匠の落語を聞いていた。音楽ではなかった。音楽はときに空々しく響くことがあって——いや、そんな夜ばかりがつづいていた。本をひらいても目がしょぼしょぼして活字が目に痛い。

こういうとき、父ならどうしたろう。

二カ月のあいだに何度か父を思った。特別、頼りになる人でもなかったが、逆境や非常事態に際して冷静でユニークな判断をする人だった。自分はその血を継いでいる。そう信じていたが、この非常時に「父ならどうしたか」の自問に答えが出ない。が、おそらく寝しなに志ん生師匠の落語を聞いたはずだ。それが父のささやかな日課であったから。

父は江戸っ子らしく何も残さずあの世へいった。唯一、自分で録音した大量のカセットテープを遺し、その中身はすべて落語だった。まぁ、父の人生もいろいろあったようだから、さまざまな不安を解消する特効薬として落語を枕もとに常備していたのだろう。だから、いまこそ引き継いで薬のように聞いている。聞けば、これがまたじつによく効いて、ただちに眠りに落ちる。

志ん生師匠がどんな道を歩いて帰ったのか、頭に描きながら、南青山三丁目の交差点で信号が青になるのを待った。

むかし、この交差点の角にVANがあった。別の角には小さな古本屋があった。もうひとつの角にはハーゲンダッツがあった。いまはもうすべてない。交差点では、ピンクやグリーンのランニング・スーツを着たランナーたちが足踏みをし、携帯電話を親指で操作しながら信号が変わるのを待っていた。スケートボードを抱えた青年が、日傘をさした婦人と並んで浜崎あゆみのビルボードを見上げていた。休憩時間なのか、制服を着た女性が煙草を吸いながら通り過ぎてゆく。「あら」と男だけど女性の言葉づかいをする彼／彼女が制服の彼女に声をかけた。「あ」と彼女が答える。「元気そうじゃない」「そっちも」「よかった」「今度さ」「うんうん」「あ、信号変わったよ」「うん」「じゃあ、またね」「じゃあ、また」

信号が変わり、ランナーたちがいっせいに走り出した。声や息が右と左に分かれてゆく。「タフになれるかもしれない」と誰かの声が聞こえた。「なれるなれる」と誰かが答えた。ランナー同士の会話であったか、それとも、信号待ちをしていた中学生と思しき少年たちだったか。

「なれるかもね」と小さな声で自分に言う。もしかするとタフになれるかもしれない。特にタフになりたいと思ったことなどないのだが、これからこの街ではタフであることがきっと求められる。一見、ごく普通の日曜日に見えるが、おそらくそうではない。きっと。たぶん。おそらく。こうした言葉がこれから何度も使われる。

そして、また信号待ち。

信号待ちの人々は一様に前を向いている。目は携帯の画面を眺めていても、体は漠然と進行方向を向いている。何度も同じメンバーが十字路にさしかかるたび待たされるので、信号待ちの時間には妙な連帯が生まれる。理由はそれぞれだろうが、横断歩道を渡って前へ進みたいのは誰もが一緒である。

青になると、ピンク色のシャツのランナーが真っ先に飛び出した。元気がよくて何よりである。その元気のよさに従う。もう少しタフになったら、歩くのを卒業して走ってもいいかもしれない。が、今日のところはゆっくり歩いて街をよく見たい。あそこのあの店は何だっけ。目に映るものをいちいち確かめたい。写真も撮る。日曜日なので閉まっている店が多い。ここは昔、何だったたか。こんな店ではなかったはず。以前が何であったか記憶にない。「そんなものとっくにありませんよ」とこの街ではよく言われる。かと思えば、何十年も平然としているタフな店もある。この街は、はたしていい街なのか。うまく答えられない。ビルの大きな影が舗道に光と影をつくり、白い壁に囲まれた「ただいま工事中」がいつになく目に留まる。

「義援金をお願いします」と何人かの少年が横一列に並んで声をあげていた。反射的にリュックから財布を取り出していたら、横一列の少年と同じ年頃の男の子が自転車で近づいてきた。友達かな、と思って見ていると、彼もまた背負ったリュックから財布を取り出し、募金箱に小銭を入れて無言で去っていった。いいぞ、少年たち。頼むよ、少年たち。男の子はいまこそがんばってほしい。いまこそ、恥ずかしがらずにいいところを見せてほしい。

ところで、基本的にこの通りはコンクリートで仕上げられた風景ばかりだが、唐突に緑が濃くなったところに「明治神宮外苑」の看板があらわれる。神宮まではそれなりに距離があるように思われるが、それでもここは神宮のアウター・ガーデンなのだった。かつて（大昔のこと）もっと街がシンプルであった頃は、この距離が外苑と呼ばれるにふさわしかったのだろう。地下鉄の「表参道」駅も「外苑前」駅もとうに記号と化しているが、いずれも明治神宮を見据えて付けられた駅名である。ずいぶん歩いたようでも、依然として明治神宮の膝元にいるのだった。

緑が濃いので空がひときわ青く見える。一方、ビルに縁どられた空はどことなく灰色でけむたげに見える。このあたりを歩くと、そうした錯覚で空の色が刻々と変わってゆく。そうなると、こちらの心持ちも気まぐれが起き、国道から外れて裏道を歩きたくなる。

一本裏手にはいると、時間の地層をめくったように様子が一変する。昔ながらの米屋があり、豆腐屋があり、文房具屋があり、道端には人の手がかかった鉢植えが並んでいる。大きなおとなしい犬がつながれている。そのあたりの路地の空気にはまったく抵抗がない。空間というより時間がそこにある。まだここにある。失われずにある。とても気分がいい。東京の本当の良さはこういうところにある。しかし、さて、今日は寄り道が過ぎるとなかなか目的地に着かない。すみやかに国道に戻ろう。

戻ったところは青山一丁目の交差点。ようやく神宮のエリアを抜けた。すると、地下鉄の駅名に色がつく。この先は赤坂で、この青から赤へのわずかひと駅が、なかなかどうして歩くときつい。赤坂までは自転車でよく来るのだが、このあたり、見た目は平らな道なのに、意外にも青山から赤坂まではわずかなのぼりになっている。自転車で走るまで気づかなかった。

同じことを京都でも経験した。学生のころに京都を隅から隅まで自転車で走り、地図上に記された、たとえば「四条河原町上ル」の「上ル」が、本当にゆるやかな（徒歩では気づかない）上り坂であると体感した。京都駅から御所まで自転車で往復するとよくわかる。行きはひたすらつらいが、帰りは気持ちよく風を切って走れる。

青山から赤坂を望むとき、赤坂の街は坂の下にあるので、ひたすら下ってゆくだけかと思いきや、その手前にゆるゆるしたのぼりがあるのだ。そのあとで一気に下り坂になる。今日は自転車ではないが、このわずかな勾配が意識され——というか、ここまで来て急に足どりが重くなってきた。どうやら疲れてきたらしい。

黒に黄色の字で大きく「とらや」とある看板が前方に見え、ひたすら目指して歩くものの、なかなか近づかない。ランナーの数が次第に増え、しかし何人かのランナーは走るのをやめて歩いている。左手は赤坂御用地だ。ひときわ緑の濃いところから蝶が舞い出てくる。よく見ると、歩道には芋虫が這っている。日曜日なので虫も油断しているのか。まったく都会をおそれていない。自由だ。自然である。アレとコレとがぎりぎりで共存している。このあたりは神宮や御用地が囲った森が守られ、どうにか、この「ぎりぎり」が残されているのだ。

そうしてひさしぶりに虫を観察していたら、自分もまた虫と同じで、自分もまた自由じゃないかと思う。どうしてそう思うのか。たぶん、歩いているからだろう。自分の足で歩いたり走ったりすることはそれだけで自由だ。安上がりな自由である。交通機関が発達し過ぎたこの街は、その交通網の地図によってこちらの道筋と行動を縛る。便利なので忘れがちになってしまうけれど、敷かれたレールの上を行くなんてロックじゃない。レールを無視して好きなように歩けば自由が得られて電車代も浮く。この混み入った街ならではの自由だ。自由を奪う街から自由を奪い返したければ、シノゴノ言わずに歩けばいい。歩けば、「少年場」はどこまでも広がり、そうして「少年場」を広げてゆくことを人は冒険と呼ぶ。大体、ガキは電車やバスやタクシーなんかにめったに乗りません。ガキはいつだって自分の足で歩かなくては。

しかし、ガキは少々疲れました。

「とらや」の前を通過し、ようやく下り坂となり、青を脱してなんとか赤に到着。休憩しましょう。目についたSでコーヒーを一杯。飲んで息をついたら頭がすうっと晴れてきた。

昨日から少し――というか、かなり頭がぼんやりしていた。買い物に行ってスーパーのガラス戸に激突したり、パスモを自動改札の投入口に突っ込もうとしたり。でも、もう頭は晴れました。よし、と気合いを入れなおしてWCで小用――という場面で、驚いたことに社会の窓があいているのを発見。これはさすがに自由すぎます。どうも皆の衆が我輩をチラチラ見ているると思ったらそういうことであったか。はっはっはっ。朝刊に顔をさらしたことなどまったく関係なかった。トイレの鏡にうつった自分の頬を叩き、社会の窓をしっかり閉めて、ふたたび出発。

ふたたび国道を東へ。

道端に「この通りは大震災等発生時車両通行禁止になります」と掲示されている。二カ月前の震災時は東京も電車がとまり、多くの人が徒歩で帰宅することを強いられた。普段は鉄道やバスで移動しているところを、数時間かけて自分の足で歩いた。そのときは「自由」どころではなかったろうが、自分がこの一年、一人で黙々と歩いていた道を、期せずして皆が歩いているのをテレビで見て妙な気分になった。こうしたことでもない限り、この街の人たちは自分の街を歩かない。交通機関が発達し過ぎて、歩くことが念頭にない。江戸時代は誰もが歩いていたのに。

我が曾祖父・吉田音吉が西からこの街に来たとき、まだ鉄道はひとつも開通していなかった。船を使ったかもしれないが、基本的には西から歩いて来たのだろう。歩いて来たなら江戸城をめざして赤坂の坂をのぼったかもしれない。いや、のぼったはずだ。

坂をのぼると、不気味なくらい人の気配がなくなった。車も少ない。日曜日のこのあたりには誰も用事がない。ビルの一階や地下に設けられた店も休業で、国会図書館も閉館している。「節電対応中の為エスカレーター停止中」の貼紙がやけに目立つ。

ここで、めずらしく歩道に電話ボックスを見つけた。最近はまず見ない。かつてはそこらじゅうにあったのに。いまさっきまで誰かが利用していたのか、Mドナルドの紙袋が緑色の電話機の上に乗っていた。中にLサイズの紙コップがはいっているのがシルエットになって見える。かつて、この街で地下鉄サリン事件が起きたとき、電話ボックスの中にこんなものがあったらそれだけで大騒ぎになった。いまはもういいのだろうか。はたして時間が解決してくれたのか。そういうものなんだろうか。

左手に国立劇場、突き当たりには皇居の上の広い空がある。皇居を取り巻く水の匂いがする。途端にランナーの数が増え、彼らの色とりどりのウェアがいちいち目に楽しい。一転して、桜田門までの下り坂を上機嫌に歩いた。

すると、その色とりどりの中に、一人悠々と歩く着流しの老人を発見。これがまたふらりと江戸から歩いてきたような御仁で、すれ違う外国人が立ちどまってしげしげ眺めている。粋な和装でキメており、片手にトートバッグを提げているのがまた粋である。

なんというか、この途上で無理にでも見つけようと企んでいた音吉の幻影を、こんなところで予告もなしにいきなり見せられて大いに戸惑った。いや、この御仁はまぼろしや幽霊ではないだろう。証拠として後ろ姿を写真におさめておいた。おかしなことである。ぼくの前を音吉(を思わせる男)が歩き、そろそろ夕方が近づいてきたお堀端でその背中を写真に撮っている。しかしまぁあまり深く考えず、日比谷の交差点にさしかかる手前で着流しの御仁を追い抜いた。

そのまままっすぐ横断歩道を渡って有楽町のガードをくぐる。十五秒ほどの暗がりを抜け、子供のときから見慣れた不二家の「F」のロゴマークを前方に確かめた。

不二家。数寄屋橋。西銀座。

銀座の記憶もいろいろあるけれど、どういうわけか「スキヤバシ」の響きに特別な郷愁を覚える。高速道路の高架下には中古レコード屋の「ハンター」がある。いや、あった。高架下のショッピング・センターは健在であるが、「ハンター」はもうない。なにしろ小学生のころからレコードを買っていたので、計算すると、閉店までおよそ三十年間通ったことになる。いまでもあるような気がしてつい足が向いてしまうが、もうとっくにない。

数寄屋橋ショッピング・センターの道をへだてた反対側には西銀座デパートがある。ここもまたおよそ変わらない。地下一階におりると「ブリッヂ」という喫茶店があり、向田邦子の『父の詫び状』に収められた『ねずみ花火』を読むと、この店について書かれた次のような一節が見つかる。

「十五年ばかり前、私はこの店の常連だった。昼は出版社につとめ、夕方からは週刊誌のルポ・ライター、そのあい間にラジオの原稿を書くという気ぜわしい暮しをしていたので、一時間たしか五十円払えば半日いても嫌な顔をされないこの店はもってこいの仕事場であった。ここのテレビの下が私の指定席だった。うるさいし、首を曲げて見上げなければ野球もプロレスも見えないが、自分に関係のない騒音は音楽と同じで、あまり気にならない。うしろの席で別ればなしをされたりするとかえって気が散るので、私はいつもテレビの下の、誰もすわらない席で内職原稿を書いていた。」

まだ「ハンター」があったころ、よくこの店で向田さんの真似をしていた。昼は六本木のデザイン事務所で働き、夕方からは築地の新聞社でレイアウトの仕事をしていたから、そのあい間に「ブリッヂ」に寄って、誰に読んでもらうあてもない小説を書いていた。そのときすでに向田さんが原稿を書いていた時代から四半世紀が過ぎており、文中のテレビはもうなく、しかし、向田さんの「指定席」がどのあたりであったか見当はついた。実際には改装しているのだろうが、なんとなくおそれ多くてそのあたりの席に座ったことはない。

今日もそのあたりには座らなかった。すでに目的地の眼前まで来ていたが、ここまで来て「ブリッヂ」に寄らない手はない。今日はもう何杯目になるか知らないが、またしてもコーヒーを飲んだ。ぼくを除いたすべての客がひっきりなしに煙草を吸っている。

煙草の煙にまみれてコーヒーを飲みながら、けむたげに過去の時間を頭の中で行き来した。

ちょうど向田さんがこの店に通ったころに自分は生まれたのである。あるいは、この店から歩いてすぐの木挽町に生まれていたかもしれない。が、祖父の時代に一家は木挽町を離れ、詳細は不明だが、おそらく、大正十二年の関東大震災で家屋を失ったのだろう。

ちなみに音吉は震災の四年前――大正八年に亡くなっている。だから震災を知らない。

そもそも、〈音鮨〉がいつまで営業していたのか、それも定かではない。が、情報を拾ってまとめてゆくと、店は震災で焼失したと考えるのが順当である。

手もとにある戸籍抄本のコピーに、「大正壱弐年九月壱日焼失」とあり、のちに抄本は「再製」したと記されている。抄本が保管されていたと思われる現在の中央区役所は、〈音鮨〉があった住所から二百メートルくらいしか離れていない。ついでに歌舞伎座の歴史をひもとくと、震災時に劇場は再建工事中で、内装用に積み上げられていた木材が「全焼した」とある。やはり、その裏手にあったとされる小さな鮨屋が無事であったとは思えない。

＊

「ブリッヂ」を出て夕方の銀座の雑踏にまみれ、最後のひと歩きをして昭和通りを渡った。通常は渡ってすぐのところに劇場があるわけだが、いまはまるでひとけがなく、奇しくも、歌舞伎座の再建に向けて更地になっていた。

更地になって風とおしがよくなったのか、春の終わりの心地よい夜風が、木挽町の路地に立つと、ゆったり抜けていった。表通りから路地裏へ進むほどに人の姿がなくなり、そのかわりに傷だらけのごっつい野良猫がうろうろしていた。猫と目が合う。こちらの顔をじっと見て、なんだお前、よそ者か、と牽制してくる。

いや、帰ってきたんだが──と猫に言ってみるが、もちろん通じない。

猫は興味を失ったのか、ひとつ大きく伸びをして空を見上げた。つられてこちらも空を見る。月が出ている。今宵はおぼろ月だが、猫の目に映る木挽町の月は見事な三日月だった。

風だけが吹く誰もいない路地を、かつてそこに〈音鮨〉があったという所番地を目指して歩く。何度か訪れているので、地図を見なくても、たぶんあのあたりだろうとわかっている。が、ここである、ここがそうだ、と辿り着く時間を引き延ばし、まだまだと、迂回していつまでもうろついていたかった。どこからか晩御飯の匂いが漂ってくる。今夜は焼き魚か、煙が風になびいて路地にたれこめる。

このまま、この路地の野良猫になれたら言うことない。ここは自分の場所である。ここが自分の場所だった。東京という街の舞台袖のようなところ。傷ついた野良猫が安住できる路地裏。そこへ、はるばる西から歩いてきた吉田音吉は住みついた。

さて。

そこか。

そこだな。

ここか。ここだ。ここである。

そうですか。ここでしたか。ここにありましたか。

あとずさりをして、少々離れたところから眺めると、焼き魚の煙の向こうに〈音鮨〉が浮かび上がった。夜の路上にあかりがもれ、真っ白なのれんが夜風にあおられる。今日はひとけがない。芝居もないし、たぶん客は来ないだろう。

不意に店の戸があいて、しけた夜だな、と音吉が困ったようなしかめツラをのぞかせた。

いい月が出てやがる。空を見上げて、長々とため息をついた。
それから、なんとなくこちらの方を見た。しばらく見ていた。
かすかに首をひねり、その目に月の光を一瞬うつしたかと思うと、ためらうことなく、
音吉はぴしゃりとばかりに店の戸をしめて見えなくなった。

あとがき――おじいさんは二人いる

いつも、ひとりで食事をしていた。自分の十代、二十代を振り返ると、振り返った先に、ほの暗い安食堂があって、たいていはひとりで、まれに二人で食事をしていた。三人、四人ということはまずなく、自分は基本的にいつもひとりなのでした。

というより、もっと積極的に、ひとりで食事をすることが好きだった。これはいまでも自分の根っこにあって、三人、四人、五人が集まって顔を合わせながらガヤガヤやるのはいいけれど、そしてその真ん中に、何やら湯気のたつおいしいものがあれば、うん、いいもんだなぁ、と素直に喜ぶが、それが毎晩であったら、間違いなく三日目あたりに誰にも気づかれないよう、そっと席を離れる。皆の声の輪から逃れ、舞台袖のようなところを抜けて背中で皆の声を聞く。そのうち声が次第に小さくなって聞こえなくなり、舞台袖のエリアからも離れ、ただひとり暗いところを歩いて、多少、後悔などもしながら、後ろ髪を引かれつつ、なおも歩く。

自分の歩く道はこちらである。皆とはときどき顔を合わせればいい。ひとりでしばらく暗いところを歩き、長いあいだ考えてきたことのつづきを考え、歩きながら思いついたことを、歩く速度や方向にまかせて大胆に展開させたり、飽きもせず同じところを行ったり来たりする。

まぁ、そんなことをしていると、人間、誰しも腹がすくわけです。暗い路地の途中や、繁華街のはずれには、自分にちょうどいい食堂があるはずなので、時計も見ず、つまり、それが昼飯なのか晩飯なのかもわからないまま、そこに安くて旨い定食があれば、ひとりでさっと飯を食う。

そうして、ひとりで飯を食っていると、いま、自分が何歳であるとか、何年何月何日何時何十分であるかなど、どうでもよくなってくる。何も変わらんなぁ、という気楽な思いと、おい、いったい、何千回、こんなふうにひとりで飯を食ってきたんだ俺は、という切なる思いが行ったり来たりする。しかし、結論はやはり、「ひとりで飯を食うことは悪くない」である。

それでおそらくは「食堂」の小説を書きたくなった。それはほとんど初めてまともに書いた（あるいは書こうとした）小説で、そのときの自分は、小説を書くことは孤独という言葉を使わずに孤独を書くことだと思っていた。いや、こんなふうに過去の自分に押しつけるのはよくありません。いまでもそう思って書いています。

ついこないだ上梓したクラフト・エヴィング商會の『おかしな本棚』という本の中で、「さみしくない本は、もとより本ではないし、さみしくないなら、本など読む必要もない」と手が勝手に書いた。書きながら、自分の本に対する思い——書くときも読むときも、すべてここから始まっている、と自分でやや驚きつつ納得していた。

いまこうして書いているのは小説ではなくエッセイなので、ここぞとばかりに孤独のふた文字を連発するが、ヒトという動物が生まれてから死ぬまで抱えなくてはならないのが孤独で、若いときは若いときなりに、そして、歳をとったらとったで、そいつとどうつき合ってわたりあってゆくかが、結局はどうやって日々を過ごしてゆくか、とイコールになる。と思う。やや自信なし。

が、たとえば、書店で本を見渡して思うのは、「食」について書かれた多くの本、特に料理することについて書かれた本が、どこかしら「皆で食事をする」ことを念頭に置いているように見える。明らかなものも多々ある。レシピブックには二人前や三人前の分量が記され、「おもてなし」といった言葉が数多く見受けられる。

食べることを媒介にして、人と人がつながってゆくのはとてもいいことだと思う。けれど、どうしても人とうまくつながりあえず、ひとりで歩いてきた暗い路地の途中で飯を食うヤツもいるわけで、そして、そうした自分を好ましく思う、相当な変わり者（ぼくのこと）もいるわけです。

いや、結構、いるんじゃないか、と安食堂の片隅でいつも一人でブツブツ言ってきた。食堂というのは、自分にとって基本的にひとりで飯を食うところです。そして、食堂は高価な食い物が並ぶところではなく、安くてそれなりで平凡だけど、それなり以上の愛情というか、「さぁ召しあがれ」な気分が作り手にあれば、値段などに関係なく本当に旨い。場合によっては、まったく誰も知らないような店であっても、自分にはその食堂の味がちょうどよく旨い。それはおそらく、ひとりで食っているからで、話し相手もなく、食いものをひとつひとつ嚙みしめながら食べていると、喉から胃袋に落ちてゆく食いものと自分だけしかここにはいない、と実感する。ついには、消化する音まで聞こえてくる。

しかしです。ふと気づくと、ふたつみっつ離れたテーブルに、やはりひとりで飯を食っているヤツがいるではありませんか。よく見ると、カウンターにもうひとり。しめて三人。お互いまったく関心を払うことなく、顔も見ない。三者三様の思いで個々に飯を食っている。

しかしです。こうして孤独な三人がひとりで飯を食っている様からカメラがだんだん引いてゆき、クレーンで宙にのぼり、さらには食堂の屋根を突き抜けて俯瞰撮影で見おろせば、「暗い町の片隅で三人の野郎が身を寄せ合って飯を食うの図」になるはず。

食堂というのはそうしたところであります。

はたして、孤独と孤独が出会ったとき、束の間、そこに孤独ではないものがあらわれるのか。たとえ、あらわれたとしても、それぞれの持ち場に戻れば、あらわれたものは、ちょいと残像くらいは残すとしても、きっと、煙草のけむりのように消えてしまう。あの煙草のけむりというやつ、あの魂みたいなものは、空気にとけるように見えなくなって、さて、どうなってゆくのでしょう。

「あのね」

——相方と二人で食事をしているときに、彼女が箸を置いて決然と言ったのである。

「わたしは、ひとりで御飯をつくること、自分ひとりで食べる御飯をつくることについてちょっと言いたい。というか、いまはそういう本が読みたい。おもてなし、とか、パーティーとかそういうことじゃなくて、そういうのはもういいんです。この先、より高齢化社会になって、いまのところは二人や三人で食べている人だって、どうなるかわからないし」

そういえば、ぼくの母親は自分の御飯を自分でつくってひとりで食事をしている。

「そういう本が読みたい、って言ったけど、そういう本をわたしはつくりたい。自給自足というか――あのね、この際、男はどうでもよくて、女のひとが、ひとりで御飯をつくること食べることを本にしたい。男は、そうやって外をうろついて、気楽に食堂なんかで御飯を食べて、束の間のセンチメンタルに孤独をかみしめたりなんかして、それで満足なのかもしれないけれど、女はそうもいかないし。それにわたしは、自分ひとりで食べる御飯をつくるのが好きで、悪いけど、どういうわけか、そういうときに限ってすごく旨いものができちゃう」

とのこと。なるほど、参りました。

この連載を書いているあいだ、体重を減らすために食事の制限をしながら、いまはもうない鮨屋を思い、もともと食い意地が張っているところへもってきて、いつも以上に「食べること」について考えさせられた。こっちが常に考えているので、隣にいる相方もそれにつき合ってくれ、というか、順調に体重を落とすことができたのは、我が家の料理長であるところの相方が適当に塩梅してくれたおかげである。彼女の協力なくして減量など不可能だったし、こうした一年が過ぎたあとに「自分で御飯をつくること」という言葉が彼女からもたらされたのは、逆に言うと、「自分ひとりでは何もできない」と突きつけられたようで、これがつまりは次の課題なのでありました。彼女が言う「ひとり御飯」の夢想本もぜひ実現させたい。

このあとがきを書いている現時点（二〇一一年十月）の体重は、目標とした十二キロ減を達成したあとに二キロ太ってそのままである。二キロ増については、周囲の人たちが、満面のニヤニヤ顔で「やったぁ、リバウンドきましたね」と何故か嬉しそうである。どうも、ぼくが減量にトライしているのを横目で見ながら、「この機に自分も」とひそかにトライしている関係者が多く、最近は、会うたびに「少し痩せました」「わたしも歩いていますす」「けど、また太りました」といったような報告から話が始まる。皆、ぼくが意外に短期間で目標に達したことが面白くないのか、「二キロ太った」ことに「そうでしょうとも」とシンパシーを覚えるようである。

二キロ増えたのは地震のあとで、本文にも書いたとおり、にわかに駄菓子などが食べたくなってきて、自分でも奇妙と言うしかない食欲に駆られた結果である。自分としては、「危機感からくる生命維持のための食欲」とごまかしているが、簡潔に当たり前のことを言えば、人は何より食べることがいちばんの安らぎなのでしょう。地震と、そのあとのさまざまな不安が生活にのしかかってきて、この現状で減量するのは精神的に難しい――と思いながら、このあとがきを気弱に書き始めたところ、相方が「ひとりで食べる御飯をひとりでつくる本がつくりたい」と言い出した。

「すべての、ひとりで食事をする人のために――」と。

女は強し。こんなところで相方を讃えるのはどうかと思うが、彼女の直観(だそうである)は、理屈をこねまわしているぼく(およびすべての男たち)などより、ずっと先を行っているように見える。

ひとりで食事をしている母にしても同じ。母については、いまこそ書きたいことがあって、この連載を始める前から、連載を終えて無事に本にまとめることができたら、そのあとがきで書こうと思っていた。だから、いまから書きます。

――今度、『木挽町月光夜咄』というタイトルで連載エッセイを書くんです。連載のエッセイは初めてのことで、木挽町というのは、ぼくのルーツの場所でして――と連載が始まる前に何人かの知人に説明しておいた。そのとき、

「ルーツというのは父の父の父のことで、曾祖父、ひいおじいさんですね、彼が木挽町で――」

と説明しながら、大変に重大なことに気がついた。

よく言われることだが、この世で「絶対」と言い切れるのは、人は必ず死を迎えるとい

うこと。それ以外に「絶対」と言えるものはない——というのがある。ふうむ、まぁそうなのかなぁ、とぼんやり考えてきたが、おい、もうひとつあるじゃないか、と不意に気づいたのである。

人は誰もが、絶対に父親と母親を持つ。

そんなことはとっくに気づいてますよ、と四方八方からツッコミが聞こえてきそうだが、こんなシンプルな「絶対」を自分はいままで見過ごしていた。「死だけ」に常々頷いていた。

そしてさらに、もっと驚くべきことに気がついた。

父と母はひとりずつしかいないが、なんと、祖父と祖母は二人ずついる。これもまた絶対に。

男であるところの自分は、ルーツという言葉を持ち出して過去をさかのぼるとき、自分の姓である「吉田」を引き継いできた父の来歴を辿り、父の父、その父、そのまた父と系図をさかのぼってゆくのが順当なことと考えていた。

しかし、さかのぼるべきは血筋であって姓ではない。

さらに言うと、ぼくの母の旧姓は吉田で、つまり、吉田と吉田が結婚したのである。だから、父をさかのぼっても、母をさかのぼっても姓は吉田なのだが、それとて、祖父、曾祖父と男方を辿ってゆくからそうなるに過ぎない。祖母にも無論のことルーツはあるのだから、吉田ではない別の姓の血筋もぼくには流れている。

そんなこと、もっと早く気づけよ、という話だが、自分というものを考えるとき——たとえば、古今東西の芸術やら何やらが探求してきた「自分」という命題、自分というものの手に負えない複雑さを考えるとき、「おじいさんは二人いる」と念じれば、そりゃあそうだよなぁ、とあっさり合点がいく。道筋はひとつではないのである。自分というものが、いまここにこうして存在するのは、いくつもの道筋を辿ってきた結果であって、「父方のルーツをさかのぼれば自分が見えてくる」などという単純な話ではない。複雑で当たり前。分裂して当たり前なのである。

連載を始める前に、ぼくはこのいかにも当たり前で、しかしこれ以上に深遠な真理はない、という発見をしてしまった。そうなのだなぁとため息をつき、しかし、この連載ではあえて父方のルーツを辿ることに絞って、いまの自分を考えてみようと書き始めた。

そして連載を終えたら、次は母方だ、と決めていた。それをまた連載エッセイにするかどうかはともかく(現時点で予定はない)、母に取材して覚え書きをつくり、父方を「父の父の父」とさかのぼっていったのに対し、母方は「母の母の母」と辿ってゆくのがいいかもしれないと企んでいる。思えば、ぼくは母の母＝おばあちゃんのことをよく知らない。

一方、この連載を書きすすめてゆく中、きわめて資料が少ないがゆえにいっこうに事実が詳らかにならず、どこまでいっても不明だらけで、不明の壁に突き当たるうち、いやしかし、これはこれでいいのかもしれない、と思うようになった。もっと事実が判明していれば、この本は「吉田音吉伝」といったような本に化けていたはずだが、何も解明できないので、最後は自分の胸に手を当てる以外になくなった。父が存命であったら、もっと情報が豊かであったはずだし、おそらく事実は小説や推測よりも奇ナリであったろう。が、「歌舞伎座の裏にあった《音鮨》の話のつづき」は、今後、機会があれば、より想像を逞しくして書くつもりである。ひとまずは、原稿を書く夜の四畳半で、じっくり胸に手を当てる時間が得られたことは、またとない経験であった。

さて、それでどのように本を終わらせるか——というのがいつでも悩みの種であることは本文中に書いた。どうやら、大正の関東大震災によって《音鮨》が家屋ごと消滅したらしいと思われるので、最終章はそのエピソードでしめくくるつもりだった。そして、四月に始まった連載が、「一年限り」と決められていたサイクルを終えようとしたところで、三月十一日を迎えた。

「篤弘さん、東北に親戚は——」

「いえ、ありませんが——」

地震のあとしばらくは、お互いの体験を話したあとでそうした会話になった。もちろん、だからといって縁がないという話ではなく、福島でつくられた電気が東京の明るさを保ってきたという事実に、多くの人が襟を正し、あぐらを正座に変えて座り直すようになった。現在の東京は、見かけだけで言うなら、思惑と思いやりがないまぜになった節電によって、繁栄以前の薄暗くて「小さな」東京に戻っているように見える。もう大きな威張った東京に戻らなくていいよ、と思うのだが、そう思わない人もまだまだたくさんいる。

さて、この薄暗い四畳半から、一人で食事をしている母に電話をかけた。

「あのさ」と手もとにまっさらのノートをひらき、「おばあちゃんのことを聞きたいんだけど」と、さっそく祖母のルーツを確かめた。

「もともと、東京の人じゃなかったよね？」

だいぶ前にそんなようなことを聞いた覚えがあり、訊きながらわずかな記憶がよみがえって、待てよ、もしかして——と思う間もなく、

「そうよ」と母が答えた。「あなたのおばあちゃんは福島の生まれ」

もうひとつのルーツの話に、これ以上ふさわしい幕開けはないだろう。

遠くの「自分」——あとがきの「あとがき」

二〇一〇年から二〇一一年にかけての一年間、「木挽町月光夜咄」という連載エッセイを書いた。筑摩書房のウェブ・マガジンで月に二度更新し、その一年間に自分の身のまわりに実際に起きたことと、明治から大正にかけて、銀座の木挽町で鮨屋を営んでいた曾祖父のことを並行して書いてゆく企画だった。

「木挽町」という町名はとうの昔に廃止されている。

曾祖父の鮨屋は一代限りで店をたたんでしまった。祖父は木挽町から離れ、父は東京の西側に住み暮らすことを選んで、自分もそれに倣った。

ただ、一貫して本籍地は、かつて鮨屋があった住所のままにしてある。位置としては、歌舞伎座裏の路地に面し、一説によると、劇場の楽屋近くに店を構えていたらしい。

「一説によると」と、ことわらなければならないのは、一代限りでつぶれてしまったがゆえ、伝聞にいささか曖昧なところがあるからだ。その曖昧さを整理し、少しでも筋のとおった「一代記」を自分なりに書いてみたいという思惑があった。

明治時代という大きな過去を望遠鏡で覗き、ピントを調整しながら、少しずつ過去から現在へ視点を移してゆく——そんなものを書くつもりだった。

ところが、祖父も父も他界して久しく、残されたのは伯父の証言のみで、より詳細なところは判然としない。

一年のあいだに取材を重ねてゆけば、何らかの手がかりや情報を得られるのではないかと目論んでいた。が、成果は乏しく、思惑は過去へ遠のいて、ぼんやりと望遠鏡を手にする現在の「自分」ばかりが立ち上がってきた。

そうして一年はぼんやりと過ぎてゆき、いよいよ連載も残すところあと数回になってしまった。

そもそも、エッセイとは「自分」をめぐるあれこれを書くものなのだから、これはこれでいいのかもしれない。そんな言い訳めいたことを唱えてみたものの、連載を始めるにあたって、「少しでも曾祖父の歴史に触れたい」と宣言した手前、さて、どのように締めくくくれば、一年間の彷徨に決着をつけられるのだろう、と思い悩んだ。

結果、なぜ鮨屋は一代限りになってしまったのか、その理由に答えを出してみようと思い立った。

鮨屋が店をたたんだのは大正時代の終わりごろで、戸籍抄本のかすれた文字を指先で辿ってゆくと、大正十二年の関東大震災で役所が焼失し、抄本もまた焼失したと注意書きがあった。

さらに、歌舞伎座の歴史を記した年譜によると、やはり、「震災によって焼失」とある。本籍の住所は当時の役所と劇場の中ほどにあり、となると、鮨屋もまた焼失した可能性がきわめて高い。そうした事実をふまえ、連載の最終回は、震災によって失われたものを軸にして書くつもりだった。そして、その原稿を準備していたところへ、二〇一一年の三月十一日が巡ってきた。

期せずして、最終回は「自分」が経験した震災を記すことになった。

が、書きながら、この「自分」は曾祖父が経験した「自分」でもあると気付いた。どの時代に生きようとも、人は過去に教えられる。曾祖父もまた過去に学び、そのときの自分と照らし合わせて、日々を乗りきったに違いない。

であるなら、なにも黴くさい古文書の束をひっくり返さなくても、いまの「自分」を率直に記せば、幾分かは、顔も見たことがない曾祖父の「自分」を追体験したことになるのではないか。

書き終えて、ようやくそうした思いに至った。

＊

この話にはおまけがある。

連載を終えて単行本を上梓すると、いささか「自分」というものに辟易してきた。エッセイは「自分」が主人公にならざるを得ないし、「ぼく」という一人称を記さないことには始まらない。

その反動がきた。

たとえば、いま書いているこの文章は、「ぼく」「私」「俺」といった一人称を使っていない。代わりに「自分」という言葉を充てているので、表面上の自己満足に過ぎないが、それでも、当面は「ぼく」を封印し、「ぼく」とはまったく無関係の、遠いところの物語を読みたくなった。

白羽の矢が立ったのは、『アラビアン・ナイト』である。

シンドバッドや魔法のランプの物語は子供のころに親しんだが、文庫本にして十巻を超える完全版は読んだことがなかった。時間的にも空間的にも遠い、「自分」とはおよそかけ離れた物語だ。ちょうどいい。しかし、いざ本を買おうとしたところで、「ガラン版」「バートン版」「マドリュス版」と、さまざまなバージョンがあることを知って戸惑った。

それで、まずはこの巨大な物語群が、どのように日本語に翻訳されて普及してきたかを知りたくなった。

『千夜一夜物語』というのが、この本の最もポピュラーな翻訳タイトルだが、その表題に至るまでには、いくつかの変遷がある。

初訳は明治八年で、『開巻驚奇　暴夜物語』と題された。「暴」の字を「あらぶる」と読めば、「暴夜」が「あらびや」の宛て字であると分かる。この本はまだ和綴じで、江戸時代の読本の体裁のままだが、八年後の明治十六年に刊行された版は、文明開化が波及して洋装のハードカバーとなった。

その名を『全世界一大奇書』という。

このいかにも大げさな邦題に魅かれて古書店を探してみたところ、たまたま安価な再刊本が見つかった。表題こそ『全世界一大奇書』のままだが、版元も変わり、本文組も挿絵も差し替えられている。四六判、三百三十八頁の手になじむ体裁で、赤い布装と緑色の艶紙による装幀が表題に反して可愛らしい。

手もとの書誌をひもといた。本邦における『アラビアン・ナイト』の翻訳書を年代順に列挙してある。さてどれに当たるのか、と手に入れた古書の奥付に刷られた発行年月日を確認してみたところ――、

「明治三十九年四月発行」

これにつづいて、六ポイントほどの極小活字で、発行所や印刷所の名前と所番地が明記してある。赤インクで刷られた印刷所の住所に虫眼鏡を当てて目を疑った。

「木挽町二丁目十三番地」

曾祖父の鮨屋の隣である。

ずいぶん遠くへ逃げたつもりだったが、辿り着いたのは「自分」のすぐ隣だった。

月夜の晩の話のつづき——文庫版のあとがき

*蛇足ならではの発見

単行本が出てから、早くも三年半が経った。

文庫化に際して、この間に起きたこと考えたことを、思いつくまま書いてみたい。蛇足と云ってしまえば、それまでかもしれないけれど、蛇足にもいろいろあって、蛇足ならではの発見が少しはあるかもしれない。

たとえば、ふたつ前の行に「言って」ではなく、「云って」と書いた。この三年半のあいだに、漢字の選択が少しずつ変わってきて、「分かった」が「判った」になったり、そもそも、漢字よりひらがなをえらぶことが多くなっている。

というわけで、この原稿と本編では、漢字や云いまわしが一致しないところがある。どうぞ御了承ください。

＊小説ではありません

この本を読んでくださった皆さんの感想によると、「エッセイではない」「小説みたいだ」という声が非常に多い。「これは小説ですね」と断言するひとも少なくない。

ジャンルや定義などどうでもいい、と、つねづね思っているが、もし、大まかに云って、「エッセイ＝事実」「小説＝事実ではない」と捉えているのだとしたら、この本に書いたことは、ほぼ事実であり、一年のあいだに起きたことを、脚色することなくありのまま書いてある。ただ、今回、文庫化に際してひさしぶりに読みなおしてみたところ、「まるで小説みたいだな」と自分でも感じるところが多々あった。

あたりまえの話だが、連載を始めた時点では、この一年がこのような一年になるとはまったく予期していなかった。しかし、あたかも先行きを知っていたかのようなフラグが随所にある。でも、それはすべて偶然で、驚くほど、偶然と連鎖がつづいて起きた。

（こんなふうに小説も書けるといいんですが――）

書き終えたあとも偶然はつづき、今回、おまけとして収録した「遠くの「自分」」に書いたアラビアン・ナイトの偶然が、その最たるものだ。

ちなみにこのエッセイは、日本近代文学館発行の「館報」第二百五十二号（二〇一三年三月号）に掲載された（今回の収録に際して改稿しました）。ある日突然、自分にはまったく縁遠い文学館のようなところから原稿依頼があって大変おどろいたが、文学館からの連鎖はそのあともつづいて、それについてはまたあとで書きます。

＊ポール・マッカートニー

この本を書いたあとに、ポール・マッカートニーはなんと三回も来日を果たし、すばらしい演奏をしたり、急病で緊急手術をしたりしてけっこう話題になった。

二度目に来日したとき、ぼくはたまたま、仕事の打ち合わせの帰りに日比谷を歩いていて、ペニンシュラ・ホテルの前に集まった黒山の人だかりに行く手を阻まれて立ち往生した。どうやら誰かの出待ちをしているらしい。出待ち人（でまちびと）（いまつくった造語です）が手にしているものを観察してみると、見慣れたビートルズのLPレコードが目についた。（ああそうか、ポールが来日しているんだな）と、そこで初めて気づくくらい、自分はノー・チェックだった。

しかし、これはもしかして、ものすごくいい場面に出くわしたんじゃないかとほくそ笑み、十分間ほど「出待ち人」の皆さんとホテルの玄関をひたすら凝視して待機したのだが、ぼくのPMへの愛は十分でしびれを切らして、そそくさと退散した。

あとで調べたら、ちょうどそのころPMはホテルの部屋で腸捻転による激痛に苦しんでいたらしい。これが二〇一四年のことで、その一年後（この原稿を書いている現在からすると、ほんの二カ月前）に元気よく再来日した。

ぼくがこの本でPMへの愛を著しく表明したため、「篤弘さん、ポール、観に行きましたか」と多くのひとに訊かれたが、ついにコンサートに足を運ぶことはなく、三度の来日で、ぼくとPMの距離が最も近かったのが、この激痛に悶絶していたときであったというのが、なんとも物悲しい。

「どうして観に行かなかったんです？」とたびたび問い詰められた。これには明快な理由がある。初来日（一九九〇年）と二度目の来日（一九九三年）の公演を観に行ったとき、ぼくのまわりの客席にいた熟年の紳士たち（いわゆるオッサンたち）が、PMと一緒に全曲あますところなく絶唱し、ほとんどその歌声しか耳にのこらなかったという苦々しい記憶がある。あの苦々しさが再現される恐怖と、すでにオッサンの域に達してしまった自分が、無意識に絶唱してしまったらどうしようという恐怖が拭い去れない。よって、観に行きませんでした。

＊「銀座百点」と向田邦子

「木挽町月光夜咄」の連載が終了するのとすれ違うように、「銀座百点」で「うかんむりのこども」という連載を始めた。これもまたエッセイなのか小説なのかと問われたが、自分でもよく判らない。どちらでもいい。どちらでもある。

すでに二年間にわたる連載を終えて単行本にまとめ、これにて「銀座百点」とはお別れかと寂しく思っていたところ、表紙のデザインを含むアート・ディレクションを二〇一五年から担当することになった。誌面全体を一からつくりなおすのが任務のひとつだったが、愛着のあるデザインの細部はそのまま活かしてリニューアルを施した。

「銀座百点」が自分にとって特別な雑誌である理由のひとつは、本書に書いたとおり、向田邦子さんの『父の詫び状』が連載されていたからだ。その『父の詫び状』とはまた違う魅力をもった『霊長類ヒト科動物図鑑』という傑作がある。昨年、このエッセイ集の文庫版が新装され、その解説を書くという人生最大クラスのミッションを授かった。「銀座百点」と同じく愛着のある文庫本だったが、こちらはリニューアルに際して巻末に自分の駄文が載ってしまったのがなんとも心苦しい。心苦しかったけれど、ひそかに二十冊も大人買いしたことは相方にも秘密である。

＊歌舞伎見物

本書が書かれた一年間における最大の発見は「歌舞伎見物」だろう。いま思うと、明らかに自分たちは呼ばれていたのだと、こればかりはちょいと背筋がぞくっとなる。

この年から二年半にわたって、取り憑かれたようにさまざまな劇場に通った。そして、最後にあたらしい歌舞伎座のこけらおとしを木挽町で楽しんだところで、ようやく憑きものが落ちた。憑きものの声は「いまこそ、観よ」「いまのうちに観よ」と囁いていたが、声のおかげで、中村富十郎、中村芝翫、市川團十郎、坂東三津五郎、そして中村勘三郎の舞台を観ることができた。いまはもう叶わない。「いまのうち」という誘いの声は、音吉の魂が囁いたものではないかと思える。

ぼくよりも相方の心酔ぶりが特筆もので、「どうしても團十郎の『助六』が観たい」と名古屋の御園座まで日帰りで見物に出かけたこともあった。「『助六』を観ると、江戸っ子の血がさわぐ」と相方は云うが、ひるがえして云うと、江戸っ子の魂を揺さぶるようなものは、そうそう見られなくなった。

＊一九七三年

一九七三年という素晴らしい年について考察したい、詳細はいずれまた――というようなことを書いたが、いまのところ、まだ書いていない。が、来年から音楽についてのエッセイの連載を始める予定なので、そこで思う存分、書いてみたい。

一九七三年といえば、村上春樹さんの『1973年のピンボール』が真っ先に思い浮かぶが、村上春樹さんについては、またあとで――。

＊世田谷文学館

「またあとで」ばかりで、結局、なにひとつあとがつづかないのでは、と思われそうなので、「文学館」の話のつづきを書きましょう。

本書にも「世田谷文学館」の名が登場するが（星新一の展覧会を観に行った話）、その時点では、まさか自分たちが展覧会をすることになるとは夢にも思っていなかった。

というか、「世田谷文学館」の展覧会は、誰もが知る、いわば殿堂入りした作家に限られていると思っていた。云ってみれば、すでに亡くなられて久しい、それゆえ伝説となったひとが選ばれるものと勝手に思い込んでいた。だから、ある日突然、文学館から「クラフト・エヴィング商會の展覧会を開きたいのですが」と書かれた文書が届いたとき、何かの間違いだろうと思って、しばらくそのまま放置していた。すると、今度は電話がかかってきて、「いえ、間違いではありません」とおっしゃる。半信半疑のまま、そこから二年がかりで準備をし、二〇一四年の一月から三月へかけて、「クラフト・エヴィング商會のおかしな展覧会・星を賣る店」が開催されました。

そういうわけなので、とにかく、この三年半がどうであったかというと、大半は展覧会の準備をしていたわけで、具体的には、本とレコードとガラクタであふれかえった仕事場の混沌を、ただひたすら整理しつづけていたと云うしかない。あまりの混沌ぶりに呆れ返り、「人生は先へ行けば行くほどおもしろい」がモットーの自分も、「人生は先へ行けば行くほど余計なものが詰め込まれていく」と訂正したくなった。

*整理の結果

しかしまぁ、ガラクタの整理は胸のうちの整理にもなったのかもしれない——。

文学館での展示は基本的に自分たちのこれまでを振り返って、「棚おろし」と称し、しかしそれだけでは面白くないので、会場の中心に、そこだけ薄暗い夜の路地裏をでっち上げた。いわば、架空の街角なのだが、架空のプロフェッショナルである東宝映画の美術部につくっていただき、古本屋と古道具屋とクラフト・エヴィング商會の工作室=作業場を立ち上げた。

工作室では、会期中に何度かその一室で作業をしたり、編集者の方々と打ち合わせをした。回顧展なんてまだ早い、まだ生きているんだし、とばかりに「ただいま制作中」を生身もろとも展示してみせた――と云えば、ちょっとばかり格好がつくが、本当を云えば、かしこまった展示に風穴をあけたい、というイタズラ心のあらわれだった。

とはいえ、会場全体が大きな走馬燈のようなものなので、めったに味わえない「回帰」の思いが煽られた。その結果、展覧会をはさんだ数年の創作は、おのずと「回帰」が原動力になり、ひらたく云えば、思いがけず一周してふりだしに戻された。

本書にも書いたとおり、自分のふりだしは「双子の処女作」=『フィンガーボウルの話のつづき』と『つむじ風食堂の夜』の二冊だが、前者を刊行した新潮社で『ソラシド』というあたらしい長編小説を書き、後者の舞台である「月舟町」にいまいちど戻って、『つむじ風食堂と僕』と『レインコートを着た犬』の二冊を刊行した。

＊シエヘラザード

さて、本書が世に出たあと、「自分」から逃れるために、『千夜一夜物語』の研究を始めたことは、前述の「遠くの「自分」」に書いたとおりである。いや、研究などとつい筆が走ってしまったが、そんな大それたものではない。もし、本物の研究に興味がありましたら、『アラビアン・ナイトと日本人』（杉田英明・著）という博物館のごとき大著がありますので、ぜひそちらをお読みください。めちゃくちゃ面白いです。

というか、そうして『千夜一夜物語』の外壁をめぐり歩くうち、自分もまたうずうずと何か書きたくなってきた。シェヘラザードが千夜にわたって語り継いだのは自らの命を守るためだったが、よく考えてみれば、物語を書くことを生業にしているひとは、これすべてシェヘラザードである。こんなに切実で現代的な題材はない。

さらに云えば、そもそもこの本は、「夜咄」の看板を掲げて語り継いできたのだから、千夜には遠く及ばないとしても、気づかぬうちに自分もシェヘラザードを任じていたことになる。そうした事情を軸にして、「『千夜一夜物語』という書物をめぐるあたらしい小説を書きたいんです」と、工作室での打ち合わせで何人かの編集者に話した。

ちょうどそこへ――つまり、展覧会の会期中に――柴田元幸先生から連絡があり、柴田先生が編集長をされている「MONKEY」という雑誌で、とある書き下ろし小説の扉絵をつくってください、という御用命をいただいた。その著者は村上春樹さんだという。しばらくして原稿が送られてきた。まだ日本で（いや、世界で、と云うべきか）数人しか読んでいないであろう、ぴかぴかの新作である。

その短編のタイトルが、なんと「シェエラザード」だった——。

ぼくと相方はさっそく原稿を読み、工作室に仕事道具一式を持ち込んで、扉絵のためのオブジェを制作した。『千夜一夜物語』の外壁をめぐり歩いていたら、壁の途中に扉があらわれ、自分はその扉に装飾をほどこしている。それがいまのところの自分の仕事で、であるなら、いましばらくは扉の中には立ち入らず、物語の外側を右往左往しているのが自分らしいかもしれない。

というわけで、ぼくが書こうと企んでいた「千夜一夜物語」は、またしても夢想本のひとつになった。

＊おかしなレシピ

一方、本書で「こんな本をつくりたい」と思いついたものが、いままさに本になりつつある。「あとがき」に書いた「ひとりで御飯をつくる」本を、いまちょうどつくっている。もっとも、「ひとりでつくって、ひとりで食べる」というテーマだけで一冊にするのではなく、もうすこしひろげて、「レシピ」というものにスポットをあて、クラフト・エヴィング商會流のおかしな料理本をつくってみたい。文章を書くのは例によってぼくだが、主役はあくまで相方で、彼女の料理の仕方と考えていることを言葉にうつし、そいつを「レシピ」と称する物語に仕立てたい。もしくは、物語を「レシピ」に封じ込めたい。物語のように長いレシピである。題して、『おかしなレシピ』。御期待ください。

＊不思議だけど、あたりまえなこと

ひさしぶりに本書を読みかえし、あらためて、じつに不思議だなぁ、と思わず口走った。「素敵」と「美しい」と「不思議」は、なるべく使わないようにしている言葉だが、不思議というよりほかない思いで、終わりにさしかかったこの文章を書いている。

夜中の台所テーブルで、郵便物や読みかけの本や食器やボールペンや爪切りや食べかけの葡萄がのった皿を押しのけてノートをひらいて書いている。

子供のときからこうして書いてきた。なにより書くことが自分のいちばんである。それは間違いない。間違いないけれど、いとこにもらったビートルズのレコードがきっかけになって、ギターを弾くようになった。音楽に目ざめた。もしかすると音楽がいちばんかもしれないと夢中になった。

やがて演劇に出会い、芝居を「書く」ことと音楽を「プレイ」することをひとつにまとめ、ついでに演出なんかもして、あたらしいショウのようなものをつくれないかと夢見ていた。いまでも劇場や劇団に魅かれる。その偏愛が「舞台袖に居たい」というおかしなフェティシズムを生んだ。そうだ、やはり自分は舞台に立つのではなく、舞台袖の暗がりでのんびり暮らしていたい。小さな部屋に小さなあかりを灯し、騒がしくない静かな本を読んだり書いたりしていたい。

いや、でも部屋にとじこもってばかりいるのもうっとうしい。おいしいものを食べにいこう。街を歩きたい。東京もいいが大阪や神戸もいい。観光ではなく、本屋とレコード屋をめぐり歩くだけだが——。

本と音楽とちょっとしたうまいものがあれば、あとはなにもいらない。デザインや美術や映画やファッションといったものが自分を形成しているとは思わない。ギャンブルにも車にも海外旅行にもスポーツにもいっさい興味がない。

台所テーブルで相方とお茶を飲みながら、「だよなぁ」「そうねぇ」と云い合った。相方はもう三十年以上もこの変な男につきあってくれた。誰よりもよく知っている。

「本と音楽とお芝居とおいしいもの。東京と大阪と神戸。たしかに吉田篤弘の三十年ってその繰り返しだったかもね。しいて付け足すとしたら、愛すべき猫と犬と落語かな」

だから、この本の中にもそれらのレパートリーが繰り返されている。それはそうだろう。それが自分なのだから。ありのままの自分を書けば自然とそうなる。そこまでは認識していたが、時間を経たうえで読みなおしてみたら、なあんだ、それってどれも音吉から引き継いだものじゃないかと、ようやく気がついた。

音吉は阪神から東京へやってきて劇場の裏に住みつき、歌舞音曲と隣り合わせて暮らしながら、ちょっとしたうまいものをつくって生業としていた。劇場が町のシンボルだが、隣近所は活版印刷や製本所がひしめく本の町でもあった。

その風景の中の色や匂いや音と「泣いたり笑ったり」が自分の中に引き継がれている。痛みや、にがみや、苦しみや、絶望と一緒に。

不思議だなぁ、と思わず口走ったが、ごくあたりまえのことかもしれない。ひとは皆、たったいまのこの時間をひとりで生きているのではなく、知らず知らず引き継いできた「泣いたり笑ったり」と一緒に生きている。

木挽町ルーツ

赤提育ちの頑固物

坪内祐三

時々「文芸評論家」という肩書をつけられることがあって、私自身、そうかもしれない、と思っている部分もあるのだが、実は私は日本の現代小説を殆ど読まない（だから吉田篤弘の小説集もいつも献本していただいているのにあまり目を通していない——あ、あの町の界隈を描いたとおぼしき作品をのぞいて）。

しかしエッセイ集はたくさん読んでいる。

私は書評家であるし講談社エッセイ賞の選考委員でもあるから、たぶん、新作エッセイ集をたくさん読んでいる人間として、十本の指に入るだろう。

そんな私にとって、『木挽町月光夜咄』はここ数年で目にした新作エッセイのベスト3に入る（ベスト1かもしれない）。

この本の刊行時に、『週刊現代』の連載書評（「リレー読書日記」）で絶讃したことがある（私は原稿の二重売りをしないので興味ある人は図書館でチェックして下さい）。

いや、刊行前から愛読していた。

つまり初出誌であるWeb『ちくま』で。

ここでちょっと寄り道をします。

当時、二〇一〇年から二〇一一年にかけての『ちくま』は凄かった。

吉田さんのWeb連載だけでなく、活字版には岸本佐知子さんの「ネにもつタイプ」、そして手前味噌になるけれど私の連載「探訪記者松崎天民」まで載っていたのだから。

先に私は「あの町」と書いたが、私たち三人は同じ小学校に、すなわち世田谷区立赤堤小学校に通っていたのだ。

昭和三十七(一九六二)年五月生まれの吉田さんが同小学校に入学したのは昭和四十四年。

その時、岸本さんは四年生で私は五年生だった。

私立の名門小学校でなく普通の公立の小学校出身者が三人同じ雑誌で連載を持っていたのは前代未聞だと思う。

普通の、と書いたが、実は、当時の赤堤小学校は普通の小学校ではなかった。

世田谷は田圃や畑の畦道をそのまま一般道に転用した道が多く、つまり複雑で一方通行も多く、タクシーの運転手が行くのをイヤがる。

しかし私の住んでいた赤堤三丁目や吉田さんや岸本さんの住んでいた赤堤一丁目(同じ

赤堤でも二丁目は区立松沢小学校のエリア）は戦前の地主が協力的で、いわゆる区画整理を行ない、道が碁盤の目のようだった。

Oさんというその地主は、しかし、お百姓さんとしてのプライドを持ち、私たちの小学校の近くには畑がたくさん残されていた。

地方出身の人にその話をすると、えっ、世田谷ってそんな所だったんですか、と驚かれるが、それどころではない、赤堤小学校のすぐ近くには牧場まであった。

小学校の低学年の時に何度か、四谷軒牧場という名のその牧場に、授業のいっかん（たしか絵の授業）で出かけたけれど、この経験は吉田さんや岸本さんも共有しているはずだ。

赤堤小学校と四谷軒牧場の間に赤堤通りという比較的大きな道が走っている（比較的大きなと言っても私が小学校に入学した頃はまだその道に信号はなかった）。

私が小学校六年生だったある日の昼休み。四谷軒牧場から牛が逃げ出し、道の真ん中でグルグルと回転していた。

その頃はそれなりの車の量になっていたが、道の真ん中でグルグル廻っている牛を見て、行き交う車は急ブレーキを踏み、パニック状態になっていた。

この様子を私は校舎の三階の廊下の窓から親友のコミちゃんと笑いながら眺めていたが、小学校二年生だった吉田さんも憶えているかもしれない。そして六年生よりも二年生にとっての方がその印象は強烈だっただろう。

小学校のすぐ近くに牧場があった、という話をすると、人は、まるでメキシコみたいですね、と驚く。

メキシコと言えばラテン・アメリカ、つまりマジック・リアリズムだ。

吉田さんや岸本さんの散文にはそのマジック・リアリズム感がある。

そして奇妙な味。

この場合の奇妙はストレンジではなくキュリアス(フリンジという言葉を使いたくて辞書を引いたが、「周辺」や「外縁」という言葉は出ていても「奇妙」は載っていなかった)。

私は人から時々、頑固物と言われるが、吉田さんも私の目には頑固物に見える。

いや、私以上の頑固物だと思う。

つまり、赤堤小学校出身者ならではの頑固物といった程度ではない頑固物。

その理由がこの作品を読んでわかった。

そうか吉田さんの曾祖父さんは銀座の木挽町で鮨屋を営んでいたのか。

ポイントは木挽町だ。

木挽町出身ですぐに私が思い出せるのは、なぎら健壱、柄本明、それから河出書房の名編集者だった藤田三男さんだ(藤田さんには『歌舞伎座界隈』という優れたエッセイ集がある)。

三人共に頑固物だ。

そしてその頑固は吉田さんにも通じる。

頑固物だから吉田さんは、時に、トボケてみせる。

「キャプション」の章の冒頭部、「さて、何だかどうも面白くないという日は『植草甚一日記』を読む」と始まり、話はこのように展開する。

「十二月五日(土)晴 午後五時まで「ジャーナル」ペラ二枚書き」——とあるが、「ジャーナル」とは、いまはなき『朝日ジャーナル』のことだろうか。

植草甚一のこの日記をたぶん吉田さんは十回以上読んでいるだろう(植草さんは世田谷の経堂に住んでいたからこの日記には私や吉田さんになじみの店がしばしば登場する)。だからこの「ジャーナル」が「スイング・ジャーナル」であることを充分承知しているはずだ。

しかし次の話題に続けるために、「『朝日ジャーナル』のことだろうか」とつぶやいたのだ。

１Ｑ８４ならぬ一九八四年。ぼくは二十二歳で、背中のうしろに『朝日ジャーナル』の編集部があった。朝日新聞社に通って、いまはなき『アサヒグラフ』のレイアウト・デザインを担当していた。

この作品を読んでいて驚くのは吉田さんと私が様々な場所で交差していることだ。しかし私が『東京人』の編集者をやめて、フリーの編集者として朝日新聞社に出入りするようになったのは一九九二年三月（その年五月に『朝日ジャーナル』は廃刊する）のことだから吉田さんの方が八年も先輩だ（小学校では私の方が四年先輩だったというのに）。私が神保町に本格的デビューを果すのは、御茶ノ水の予備校に通っていた一九七七年だから、この点ではちょうど吉田さんより四年先輩だ。

しかし小心者である私は、毎回、きちんと授業に出席し、放課後に古書街に向かうのだ。それに対して、私と同じ十九歳だった吉田さんは、「とりあえず学校に行って出席だけ」はとったものの、「五分後には教室から逃げ出して御茶ノ水の坂をおりていた」。

すなわち。

出欠の点呼が九時ちょうどで、ぐずぐずうねりおりてゆくのに十分ほどかかったし、途中で缶コーヒーを買って立ち飲みしたりするから、小宮山書店のあたりに着くのは九時半に近い。いまはどうか知らないが、四半世紀前のそのころは、小宮山書店の裏手にある明文堂書店の均一本の棚が古書街でいちばん最初に開かれる「店先」だった。この棚は店の横手の路地に面した小さな青空市場で、他の店は十時を過ぎないと中に入れないから、古書街の朝いちばんの「店先」にはそうした事情を知っている強者たちが早朝のカラスのように群がっていた。文庫を中心にした格安本がつぎつぎ補充され、そこにはまさに朝市の空気があった。

壁いっぱいに文庫本を中心とする本がずらっと並ぶ明文堂書店横の路地を私はしょっちゅう《ゆ》通っていた。

しかしあの店が朝九時半には開店していることは知らなかった。というより、そもそも私はその時間帯の神保町は知らない。やはり私は吉田さんと比べて「あまちゃん」だ。

そして、『木挽町月光夜咄』に記録されるのを待っていたかのように、すぐそのあとで、明文堂書店は店を閉じた。

本書は、二〇一一年十一月に小社より刊行されたものです。
文庫化にあたり、「遠くの「自分」」「月夜の晩の話のつづき」
を新たに収録しました。

ちくま文庫

木挽町月光夜咄《こびきちょうげっこうよばなし》

二〇一五年八月十日　第一刷発行

著　者　吉田篤弘（よしだ・あつひろ）
発行者　山野浩一
発行所　株式会社　筑摩書房
東京都台東区蔵前二—五—三　〒一一一—八七五五
振替〇〇一六〇—八—四一二三
装幀者　安野光雅
印刷所　株式会社精興社
製本所　株式会社積信堂

乱丁・落丁本の場合は、左記宛にご送付下さい。
送料小社負担でお取り替えいたします。
ご注文・お問い合わせも左記へお願いします。
筑摩書房サービスセンター
埼玉県さいたま市北区櫛引町二—六〇四　〒三三一—八五〇七
電話番号　〇四八—六五一—〇〇五三

ISBN978-4-480-43291-9 C0193